第二十四回「伊豆文学賞」優秀作品集

目次

小説・随筆・紀行文部門

最優秀賞　（小説）

憧《しょう》憬《けい》明《みょう》夜《や》

須《す》田《だ》　地《ち》央《お》

アパートの玄関を開けた正一はそこに見知らぬ男の革靴があるのを見つけて、浮かれていた気持ちが一気に冷めていくのを感じた。

玄関に立ったまま家の奥を窺うと、寝室から有理のはしゃいだ声が聞こえた。正一は仕事が早く上がり、偶然手にすることが出来た数時間のゆとりを、有理の為に使おうとしたことを後悔した。

この靴の持ち主は誰だろうか、ホストか店のボーイか、それとも常連の客か、数えればきりがなかった。正一は確かめたいとも、不貞を働いた有理に怒りをぶつけたいとも、思わなかった。

正一はしばらく靴を見つめていたが、やがて怒りのかわりにあきらめという感情がじわりと体に広がると、ほんの少し冷静さを取り戻すことが出来た。正一は溜息をつくと、キーホルダーからアパートの鍵を外し、下駄箱の上に置いた。

アパートの共用通路に出ると生ぬるい風が全身にまとわりついた。一日の労働で汗ばんだ体にシャツがピタリと張りついて不快だった。すぐにでもシャワーを浴びたいと思ったが、自分の住んでいたアパートは三ヶ月も前に引き払っている。これはしばらく車暮らしだなと考えたとき、ふと有理の連れ子である理央のことが頭に浮かんだ。

理央はきっと家電量販店にあるミニ四駆コースにいるのだろう。有理がアパートに男を連れ込むときはいつも理央はそこにいた。正一の脳裏に理央がコースの片隅で他の子供達が遊んでいるのを寂しそうに見ている光景が浮かんだ。一瞬、このまましばらく時間を潰して、何事もなかったかのようにアパートに帰ろうかという気持ちになった。そうすれば理央も正一もこれまでと同じ生活を続けることが出来る。

「よし」

水商売の女と付き合って、浮気の一度や二度で別れたらキリがなかった。正一は見なかったことにしようと決めかけて、首を振った。

もし自分が気づかないふりをしても理央はそうはいかない。理央は間男の存在を知っているし、繊細な子供だ。自分が理央のために、あえて知らないふりをしているのをきっと見抜く。

正一はしばらく思案した後、やはり有理との関係を清算することに決めた。相手が浮気したり、他に好きな男が出来た場合、さっと身を引くのが正一のやり方だった。ヘタな駆け引きや相手を追い詰めるようなことはしない。もつれればもつれるほど互いに傷つき、どうしようもない憎しみだけが残ることになる。別れる時はきっぱりと別れる。それがルールだ。有理とはこのまま別れることになるが、彼女もそれを受け入れるだろう。生活費や理央の相手をしてくれる人間がいなくなり、少しは悔やむかも知れない。しかし心のどこかできっと有理はほっとするだろう。もともと普通の生活が出来ないから夜の世界に飛び込んだのだ。

「それにしても三ヶ月か、もう少し続くと思ったけどなあ」

アパートの階段を下りながら、正一はまるで他人事のようにあっけらかんと言った。

正一にとって女性に振られることは日常茶飯事——というほどではないが、そう珍しいことではなかった。つきあう相手は水商売の女ばかりで、初めは客として通っている内に自然と男と女の関係になることがほとんどだった。

正一とつきあい始めた女達は決まって、こんなに誠実な人は初めてだと言って喜んだ。事実、正一は他の男達のように金を無心するようなことはなかったし、同棲すれば給料のほとんどを生活費として納めた。連れ子がいれば自分の子供のように可愛がり、部屋の掃除なども率先してやったから、自然と家の中が明るくなった。

だが、うまくいくのはいつもそこまでだった。生活が良くなり、それが当たり前になってくると徐々に倦怠感が広がり、急に邪険にされたり、他に男を作られるのだった。

そして一度関係がこじれてしまうと、もうそれでお終いだった。やり直したいという言葉を信じたときもあったが、それがうまくいったことはなかった。結局、長引けば長引くほどお互いが傷ついた。

正一は駐車場までの道のりを、作業着のポケットに手を突っ込みながらトボトボと歩いた。道は帰宅途中の車で渋滞していて、景色の忙しさがなおさら正一を孤独にさせた。顔を上げると清水港にある観覧車の照明が点灯するのが見えた。あの観覧車に理央と二人きりで乗りたいと、有理に無理を言ったのはつい一ヶ月ほど前のことだ。

「ほらあの山は達磨《だるま》山《やま》だ。俺は中学生の頃、自転車であの山を越えたことがあるんだ」

正一は伊豆に見える山を指差しながら言うと、理央に自分の子供の頃の話をした。

理央は自分がいなくなったらどう思うだろうか。寂しがるだろうか、それとも何も感じないのだろうか。仲良くしようなどと思わせぶりなことを言っておいて、結局いなくなったと蔑むかも知れない。

「そうだ、理央に挨拶だけはしていこう」

正一はそう言うと、今来た道を再び戻り始めた。理央はきっといつもの家電量販店にいるはずだ。理央はよく家に居づらいときは近くの家電量販店に行っていた。有理の機嫌が悪いときや、つきあい始めに正一が有理のアパートに行ったときなども、理央は有理の顔色を窺いつつ、そっとアパートを出て行くのだった。

理央は頭の良い子供だった。感情の起伏の激しい有理にあわせて、いつも適切に立ち振る舞っていた。それは一見すると上手く回っているように見えたが、幼い理央にとっては大変なストレスだろう。正一は理央のことを考えると、先ほどの情事のことも、今夜の寝床のことも忘れることが出来た。

薄闇の中、家電量販店は店内から漏れる光でそこだけぼんやりと明るかった。店内は閑散としていて、白いリノリウムの上を汚れた作業服で歩く正一の姿は、どこか場違いな感じがした。

理央は二階に設置されているミニ四駆コースにいるはずだ。ミニ四駆とはプラモデルの一種で、モーターが内蔵されているので走らせて遊ぶことが出来る。静岡にはミニ四駆を製造しているタミヤの本社があるためか、全国的に見てもミニ四駆熱は高く、多くの家電量販店にミニ四駆コースが設置されていた。

複雑に曲がりくねり、ジャンプ台や急勾配のスロープなどが配置されたコースでは今も何台ものミニ四駆が競っていた。どのマシンもかなり改造されており、おもちゃとは思えないほど速い。コースを見守るのは子供半分大人半分といったところだ。親子連れもいたが、個人で来ている大人も少なくない。みんな顔見知りのようで、コースアウトしたマシンを互いに拾ったりしながら、真剣な表情で自分のマシンをチェックしていた。

正一はすぐに理央を見つけることが出来た。

理央は前の人の試走が終わり、ちょうど自分のマシンを走らせるところだった。理央はまだ小学校三年に上がったばかりだが、なかなか慎重な性格でコースアウトを極端に嫌うところがあった。

レーンは三つあり、理央のマシンも含め三台が一斉にスタートした。スタートダッシュはほとんど変わらないように見えたが、最初のコーナーに入る頃には理央のマシンは車体半分ほど遅れた。理央以外のマシンの持ち主は、三十代半ばの男と小学校高学年ぐらいの男の子で、二台ともかなりチューンナップされている。理央のマシンはコーナーでは食らいついていくものの、ストレートで少しずつ置いていかれていった。どうやら理央のマシンはトルク型のモーターに加速重視のギアを組んであるようだ。理央のマシンは少しずつ遅れていったが、コースの最後にあるほぼ垂直にそそり立った急勾配のスロープで前の二台に追いつき、最後のロングストレートを抜ける頃にはほぼ三台が横一列に並んだ。

こうなると安定型の理央のマシンは強い。案の定、周回を重ねる内に他の二台はコースアウトし、最後まで走りきれたのは理央のマシンだけだった。

「すごいじゃないか」

正一は試走が終わった理央に後ろから声をかけた。

「正ちゃん」

理央は振り返ると顔をパッと輝かせた。正一はうれしい反面、これから別れを切り出さなければならないことを思うと複雑な気持ちになった。

「もう仕事終わったの」

「いや、残業前に少し抜けてきた」

正一は言葉を濁すと、ひとしきり理央のセッティングを褒めた後、コースの片隅に立ってしばらく他の人達の試走を眺めていた。

「理央はこの前買ってやったモーター使わないのか」

「うん、あれはまだいいかな」

「あれ使えば一気に早くなるだろ」

「そうだけどコースアウトしちゃうから」

「別にコースアウトしたっていいじゃないか、みんなコースアウトしてる」

「うん」

「俺なんかコースアウトのプロだぜ」

理央が吹き出した。

「なぁ、挑戦してみろよ」

理央は小さく頷くと、困ったように自分の手の中にあるミニ四駆をもてあそんだ。理央はミニ四駆が壊れてしまうことを極端に恐れているのだ。それは人間関係における考え方も同じで、理央は相手を尊重するあまり常に自分を抑えている。

「正ちゃん、家に寄った」

ふいに理央が訊いた。

「えっ……いや、寄ってないよ」

突然のことに正一は戸惑ってしまったが、理央は「そうなんだ」と言ったきり、それ以上は何も言わなかった。

こういうところだ、と正一は思った。こういった感受性の鋭さが理央の優れたところであり、そして他の子供にはない危うい所だった。

「理央」

「なに」

「学校は楽しいか」

「——別に」

「そうか、まあ俺も学校は嫌いだった」

「だから中学を出たらすぐに働いたんでしょ、もう何度も聞いたよ」

そうだったなと正一が笑うと、理央も笑った。

それから二人は店内を回りながら、ミニ四駆のパーツをいくつも物色した。そして、もう十分だと遠慮する理央の横でさらなるパーツを買い物かごに放り込みながら、正一はしばらく遠くの現場に行かなければならないと、理央に別れを切り出した。

「それじゃあ、俺は仕事に行かなくちゃならないからな」

理央はなんとなく予感していたのか、正一の話を黙って聞いていた。

会計を済ませた後、さりげなくそういって別れようとすると、

「いつ帰ってくるの」

と理央がふいに言った。

「――そうだな」

理央の縋《すが》るような視線を受けながら、理央を傷つけたくないという気持ちと、理央の純粋な気持ちを騙すくらいなら、いっそ本当のことを言った方が良いのではないかという気持ちが相反した。

もう帰ってくることはないかも知れない、そう口にしようとした時、

「大会一緒に出ようね」

理央はパーツの入った買い物袋を見せながら正一に言った。

「おう」

思わず正一が返事をすると、理央は「約束だよ」と笑顔を見せた。

店を出ると辺りはすっかり暗くなっていた。理央と別れをきちんと済ませたことで正一の心はだいぶ軽くなっていた。

「それにしてもまずいことを約束しちまったな」

頭を掻きながら正一がつぶやくと、すれ違った女性が自分に言われたのかと勘違いして振り返った。

「いまさらそれは無理だと知ったら理央は悲しむだろうな」

正一はそんな視線など気にせずに独り言を続ける。独り言は子供の頃からの癖だった。

「しかし理央の奴、最後に俺がもう帰ってこないと言いそうになったのを察して、うまく機先を制したな。あんな駆け引きが出来るとは知らなかった」

もともとあった素養なのか、とっさの判断なのか、正一は理央にあんな一面がある事を初めて知った。

「人間というのは別れ際に成長したりするから面白い」

駐車場に入った正一は自分の軽ワゴンに乗り込んだ。

窓を開けると、外から入ってきた生温《なまぬる》い風に車内の空気が押し出されていく。なんとなく押し出されていく空気が家を出て行く自分と重なった。

「有理は俺がこのまま出て行くことを知ったらどう思うだろうか」

男遊びなどして馬鹿なことをしたと後悔するだろうか。付き合い始めて半年、一緒に住むようになってからは三ヶ月、自分は他の誰よりも有理のことを大切にしてきた。

もしも有理が泣きながらやり直したいと言ったら自分は彼女を許すだろうか。

「まさかな」

正一は首を振った。有理は後悔などしない、あれはそういう女だ、そういう女だからこそ自分についてきたのだ。

車のキーを回すとセルが重たげに回りエンジンがかかる。しばらくはこの車が寝床だ。走行距離がもうすぐ二十万キロに届こうかという車のハンドルを軽く撫でる。

「よろしく頼むわ」

正一はギアを入れるとゆっくりと車を発進させる。今夜は車中泊になるだろう、出来れば毛布ぐらいは今夜中にそろえたい。

「早い内にアパートを探さないとな、いや、どうせならいっそ――」

正一はいったん言葉を切ると、にやりとした。

「家でも買うか」

それから独り言はますます饒舌になり、有理の不貞などまるで無かったかのように、一人賑やかに正一は夜の街に吸い込まれていった。

飯窪が電話を切った瞬間、迷わずこちらを見たので美保は面倒なお客さんが来たのだと確信した。

「美保ちゃん、例の塩田さんよろしく」

「えー、どうして私なんですか」

飯窪をジロリと睨《にら》んでから、美保は助けを求めるように周りを見るが、顔を上げる者は一人もいない。

「頼むよ、相手がどうしても美保ちゃんに案内してほしいって言うんだから、こちらとしても断るわけにはいかないだろ」

「そんな嘘、信じるわけないじゃん」

思わずタメ口になったが、営業職を三十年も続けている飯窪は全く動じずに、

「それじゃあ明後日の十一時から頼むよ。本人は物件を直接見たいって言うから、最低二件は回って決めてきて」

と美保にノルマだけ課すと、さっと席を立った。

「そんな簡単に決まるわけないでしょ」

美保は机の上に置かれた希望条件の用紙を指先で弾いて飯窪への文句を続ける。周りは慣れてしまったのか、何も言わない。

「こんなことならキャディー辞めるんじゃなかった」

十年近く勤めたキャディーを辞めて、この会社に転職して三年、仕事は一通り覚えたが未だに重要な案件は任されない。おまけに不動産業に従事する男達はくせ者だらけで、デリカシーというものが欠落していた。家も女性も古くなったら売れないなどと言って、独身の美保に彼氏の有無や結婚の願望などを平気で訊いてくる。その上、年下の女性事務員が入ってからは美保は完全に引き立て役に回され、たまに名前が挙がるかと思えば、こういう誰もやりたがらない面倒な仕事ばかりだ。

希望条件を見てみる。塩田正一、三十六才。西伊豆の一軒家、築年数条件無し。予算は五百万程度。この塩田正一という男はかなり口達者な男で、この前対応した飯窪が閉口したらしい。

「あーあ」

美保は溜息をついた。

このままこの職場にしがみついても良いことはないような気がする。いっそのこと辞めてやろうか、だがそれも周りが望んでいるようで気に入らない。つまらない意地を張ったところでどうにかなるようなものではないが、せっかく三年続けた仕事をそう易々と放り投げる訳にはいかなかった。けれど、ここにいても先が見えているのも事実だ。どうせ自分には良い案件は回してもらえない。一般媒介契約の安い物件ばかりでは広告も打てないし、たまに売れてもほとんど利益は出ないから出世には繋がらない。

どうせなら辞めるきっかけが欲しかった。

「次の仕事で決めようかな」

美保が呟くと、勘違いしたのか隣の小沢が〝頑張って〟と声をかけてきた。

塩田正一はいがぐり頭で無地の白シャツによれよれの作業ズボンという格好で待ち合わせ場所に立っていた。

「どうも遅れてすみません」

美保が頭を下げると、塩田は笑いながら手を振った。

「いいさ、俺の方が早く来たんだ」

塩田は気さくに言うと、美保の車に向かってさっさと歩き出した。

「ちょっと塩田さん」

美保は渡そうとしていた名刺を片手に慌てて塩田の後を追う。塩田は気が早いというか、人の話を聞かないというか、勝手に物事を進めてしまうタイプの人間だった。おまけに美保と少ししか年が変わらないくせに、見た目もそうだがやけに年寄り臭い。

（この人が私の最後の顧客だとしたら最低だわ）

今回の仕事がまとまらなかったら、本気で別の仕事を見つけようと思っていた美保は思わず溜息をついた。

「どうしたんだ、男にでも振られたのか」

あけすけな物の言い方に美保が黙っていると、塩田は勝手に「気にするな、男なんていくらでもいるよ」と話を進め、果ては自分が振られた話などを一人で喋っている。

美保は黙ってハンドルを握った。沼津土肥線をひたすら走り、目的地である戸田を目指す。本来なら海岸線から見える眺めの美しさや戸田港でとれる海産物の美味しさなどをアピールするのだが、塩田が一方的に話し続けているので取り付く島もない。

途中、出逢い岬を指差して「あれはなんだ」と塩田が訊ねたが、美保は「さあ、なんでしょうね」

ととぼけた。
目的の物件は戸田の中心地から少し山を上った見晴らしの良い場所にあった。元々売り主が別荘として購入した物で、駿河湾が一望できる上、戸田御浜海水浴場まで車で十分という好立地だ。築三十五年以上経っているが、白いモルタル造りの壁は塗り直したばかりで年月を感じさせず、西洋芝の植えられた庭も綺麗に手入れされている為、一見すると海が見える理想の家という感じだった。

　これで五百八十万という値段だから、美保としては破格とは言わないまでもかなりお買い得だと言えた。本来なら広告を打って短期にさばいてしまうところだが、一般媒介契約の物件は広告を打たないというのが会社の方針なので宙ぶらりんのまま売れ残っている。しかし裏を返せばそれだけ掘り出し物であると言えた。

「どうですか、塩田さん。希望条件に見合った物件だと思うのですが」

　美保は白い西洋風の建物を背景に自信満々に言った。

「この近くにある温泉スタンドで温泉水を買えば、ご自宅で温泉を楽しむことも可能ですよ」

　それから美保は、温泉や海水浴場、豊富な釣り場に海の幸、景観の美しさに、さらに不動産を持つことによる資産価値などを次から次に挙げて、いかにこの物件が素晴らしいかということを熱弁した。

「どうですか、塩田さん」

　一通り説明を終えた美保は塩田の反応を窺ったが、塩田は腕を組んで、じっと壁を見つめながらなにやら考え込んでいる。

「どうかしましたか」

美保はなにか説明が足りなかったかと不安になった。

「いやアクリル塗料だと思ってさ」

塩田は美保の説明などまるで聞いていなかったという様子で壁を指差した。

「アクリル塗料だとなにか拙《まず》いんですか」

美保は思わずムッとして言い返した。壁は綺麗に塗られていてどこもおかしいところはない。自分が数ある物件の中から自信を持って選んだ物件を素人にとやかく言われたくなかった。

「いやなに、この日差しだ。業者だったらわざわざ足場掛けてまで紫外線に弱いアクリル塗料は塗らないだろう。しかもこの築年数だ、どう考えてもウレタンやシリコンを使うのが普通だろう」

それから塩田は専門家のような口ぶりで塗料の違いや施工の仕方、業者と個人の塗装の考え方の違い等を教えてくれた。最後に塩田は、見栄えを良くするために家主が自分で塗ったんだろうと結論づけた。

「塩田さんはお仕事で塗装に携わっていたんですか」

美保は相手がやけに詳しいことに戸惑いながら訊いた。確か職業欄は電気工事業と書いてあったはずだ。

「なあに、中学出てから土方から電気水道大工、それに型枠や塗装、一通りやってるだけよ」

塩田は何でもないように言うと家の裏手に回った。そこで塩田は軒をしばらく見上げた後、雨水升をのぞき、ポケットから取り出した鉛筆を水切りの下端に突っ込んで感触を何度も確かめた。それからエアーポンプの年式を確認し、しばらく考える仕草をした後、おもむろに浄化槽の蓋を開けた。

「やっぱり固まってるな」

顔を背け、鼻をつまんでいる美保の横で塩田は呟くと蓋を閉じた。

「どういうことなんですか」

あまりの意味不明な行動に美保は閉口しながら訊いた。

「おしいな」

塩田はそう言うと、そこだけ色の違う軒天井を指差し、あれは雨漏りではなく雨樋が詰まり、そこから溢れた水が軒を濡らしているのだと教えてくれた。

「雨漏りではないということですよね」

雨が漏れている家はさすがに売れない。美保はむしろ安堵して言った。

「ところがだ、土台がだいぶやられてる」

「えっ」

美保は思わず声を上げた。

「この家は雨水の排水がうまくいってない上に、脚立や車のタイヤなんかを家の裏手に置いてあるから、風通しが悪くていつまで経っても地面が乾かない。こうなると湿気で土台がやられるし、腐ってくれば家の裏手は山だから自然と虫もやってくる」

塩田は足下で列を作るアリを指差した。

「シロアリもいるんですか」

美保はぎょっとして言ったが、塩田は首を傾げた。

「いるかもしれねえし、いないかもしれねえ」

それから浄化槽ポンプが新しくなっているが、交換する時期が遅かったのでバクテリアが機能せず、排泄物が固まってしまっているから、業者に頼んでメンテナンスする必要があることを美保に教えると、塩田は「次行こう」と言った。

「えっ、中はいいんですか」

「うん、もういい」

塩田は素っ気なく言うと、芝生の庭から駿河湾を眺め、しばらく思い出に浸ったような顔でブツブツと独り言を呟いた後、さっと車に乗り込んだ。

「よし次だ、美保ちゃん」

美保は仕方なく車を発進させた。しかし先程の物件で決める予定だった美保は、二件目はあえて条件の悪い物件を用意していた。二件目の物件のランクを敢えて落とすことで最初の物件を良く見せ、一気に契約に持ち込むのが美保の計画だった。しかし思わぬアヤがついてしまった。まさか相手が建築を一通りこなしているとは思いもしなかった。

美保はきちんと引き継ぎをしなかった飯窪の適当さを呪った。いまさら築五十年以上経った山奥の古民家同然の建物を紹介しても売れるはずがなかった。

「あの、次の物件はかなり古い物件になるんですけど見ます？」

美保は恐る恐るといった感じで訊ねたが、塩田はあっけらかんとした顔で「もちろん」と答えた。

こうなると美保はもう覚悟を決めるしかなかった。この仕事も今日で終わりかと思うと暗澹《あんたん》たる気持ちになる。

「塩田さんが色々な仕事をしてきたのは何でですか」

もう今日で仕事も終わりだと思うと、自然と普段通りの口調になった。一瞬しまったと思ったが、まあ最後だし構わないかと美保は思った。

「まあ単純に何でも出来るようになれば、どこに行っても食っていけると思ったんだ」

塩田は美保の口調の変化など気にせずに答えると、当時の自分を懐かしむように話を続けた。

「はじめは土方の手伝いみたいのをずっとやってて、山奥のダムを住み込みで作ってたんだ。そこから水道屋の親方に拾われて、その後は電気屋という具合に色々やった」

それから塩田は中学を出てすぐに働き始めたことや、楽しかった思い出、苦労した現場のことを話し始めた。美保は相槌を打ちながら、自分が高校を出てすぐにキャディーをしていたことや若い頃はお客さんにちやほやされベテランのキャディーに妬まれたこと、年の離れた上司に好意を持たれ、曖昧な態度でいたら相手が勘違いしてしまい、結局辞めざるを得なかったことなどを話した。はっきり言って初対面の顧客に話すような話ではなかったが、塩田はまったく気にする様子もなく自然体で話を聞いてくれた。

　車は海岸線を南に走りやがて小土肥《おどい》に入って行った。

「あれはなんて岬だ」

　塩田が道沿いに併設された駐車場の先にある岬を指差した。

「旅人岬ですよ」

　美保が素っ気なく答えると、塩田は「そうかやっぱりか」と言って、助手席から身を乗り出したので、運転席の美保は慌てて塩田の体を押しとどめた。

「ちょっと前が見えない、あぶないっ」

「あっ、悪い」

　塩田は我に返って助手席に腰を下ろしたが、目は旅人岬をとらえたまま動かなかった。丁度、美保の方向に旅人岬があるので、美保は自分が見つめられている気がして恥ずかしくなった。

「旅人岬の何がそんなに珍しいんですか」

　西伊豆には恋人岬、出逢い岬、旅人岬などがあるが、旅人岬はどちらかと言えば地味な部類に入ると思う。

「中坊の時にちょっと来たことがあってさ」

「へぇー」

それから美保は塩田が例によって、その時のことを喋りだすのを待ったが、意外にも塩田は旅人岬を見つめたまま黙りこくっている。

「そういえば塩田さんは高校へはなんで行かなかったんですか」

急に訪れた沈黙に耐えられず、美保は思わず口を開いた。

「単に家を出たかっただけさ」

塩田は旅人岬から視線を外さぬまま、漠然と答えた。

「ご両親は何も言わなかったんですか」

「俺は邪魔者だったからちょうど良かったんだろう」

今度は美保が黙る番だった。

土肥の交差点を入り、旅人岬が見えなくなると塩田はまたどうでも良いことを喋りだした。美保は先程のことを、若干気にしつつ、また塩田が何も感じていないようなので幾分ほっとしながら運転を続けていた。

車はすぐに土肥の街を抜け、民家も疎《まば》らな山間の道になった。曲がりくねった道を進む程に景色は寂しくなっていく。

「かなり不便なところだと思うのですが大丈夫ですか」

「大丈夫だよ、車で行けば街まですぐさ」

塩田は平然としながら、「そういえばこの道は修善寺に繋がっているんだよな」などと言っている。

目的地は一番近い民家から、車が一台やっと通れるくらいの未舗装の道を三百メートルほど上ったところにあった。

雑草が腰まで伸びた敷地の中心に古い平屋の家がぽつんと佇んでいる。灰色の瓦屋根と白い漆喰壁の家は周りの景色とほとんど同化していて、放っておけばそのまま自然に還っていきそうな雰囲気だった。

美保は心の中で舌打ちした。媒介契約のみなので、家や敷地の管理は売り主の責任なのだが、せめて雑草くらいは刈っておいて欲しかった。

築五十年、木造平屋三十坪、敷地面積は二百坪で売値は百五十万円。数字だけ見れば買い手もありそうに思えたが、現状を見ると首を傾げざるを得ない。

塩田がすぐにでも帰ろうと言い出すだろうと思って待っていると、意外にも塩田は草を掻き分けて敷地の中に入って行った。

「あっ、ちょっと待ってください」

慌てて美保も後を追う。塩田は後からくる美保のために雑草を足で踏んで道を作ってくれた。

「雑草すごいですね」

美保が声をかけると、塩田はそばにある雑草を束で引き抜いて、

「畑でもやってたんだろう、土は軟らかいし、なんてことはないさ」

と笑った。

「それにしても古いな」

玄関前に立った塩田は壁の漆喰を撫でた。美保もつられて白い漆喰の表面を撫でたが、思ったよりもずっと艶やかな肌触りだった。

「漆喰はきちんと手入れしていれば長く持つからな」

それから美保と塩田は例によって家の裏手に回った。家の周りは石畳になっていて雑草は生えていない。しかも敷地の地盤より十センチほど上がっているので歩きやすかった。

「これなら足下から水が入ってくることもないな」

塩田は束の間から家の床下を覗き込みながら言った。そして塩田は先程のように丹念に家の周りを見ていったが、口数は少なく、頷いたり、首を傾げ考え込んだりしていた。

それから二人は家の中に入った。美保が一通り間取りを説明すると、塩田はすぐに物入れの中を調べた。家の物入れを最初にチェックするお客は玄人だから気をつけろと、入社当時、飯窪に言われたことを美保は思い出した。塩田はその後も畳を剥がして臭いを嗅いだり、建具をわざわざ外して建て付けを一つ一つチェックしたりしていた。

美保は塩田の邪魔にならないようにしながら、どういった風に彼が家をチェックしているかそっとメモを取った。

「どうですか」

天井裏から降りてきた塩田に美保は声をかけた。

「悪くはないな」

塩田は体についた埃を払うと縁側に腰掛けた。

「本当ですか」

無理だと思っていたが、思わぬ展開に美保も慌てて塩田の隣に腰掛けた。

「ああ良い家だ。誰かが住んでやらなきゃもったいねえな」

「ここに住んでいた方も、塩田さんのような方に住んでもらえればきっと喜ぶと思います」

それから美保はお婆さんがたった一人でこの家を守っていたことや、東京にいる息子さんが売り主で、交渉すればひょっとしたら値下げできるかも知れないことなどを話した。

「値下げなんかしたら、そっちの取り分が減るんじゃないか」

「別に構わないんですよ、どうせ出世とは縁がないんですから」

美保はきっぱりと言うと自分が職場ではろくな仕事を任されないこと、そして今回の物件がまとまらなければ辞めてしまおうかと思っていたことなどを話した。

「じゃあ、ひょっとしたら今日でお終いにするつもりだったのか」

「ええ、でも塩田さんのおかげで辞めずに済みそうです。それに塩田さんにはもう一つ大切なことを教えて貰いました」

「大切なこと？」

「ええ、塩田さんを見て、自分は家のことを何も知らないってことに気づいたんです。この仕事を三年やってきて、ある程度は分かっているつもりになっていたんですが、実際には家というものをまるで知らないまま、この建物は売れるか売れないか、売れるとしたらいくらで売れるかということしか見てなかったんです」

「いいじゃないか、それも仕事だよ」

塩田はそう言って笑ったが、美保は小さく首を振った。

「不動産にはほとんど値がつかないような物件が沢山あるんです。そういう建物って利益がない割に、手間やリスクが多いから誰もやりたがらない。だからその中に十分住める家があったとしても、ほとんどが空き家として朽ちていくんです。でも塩田さんみたいにきちんとした知識があればそういった建物を有効活用できることに気づいたんです」

「そうか、そりゃ良かったよ。俺なんかでも役に立てることがあったわけだ」

塩田は嬉しそうに笑い、美保はもし良ければこれからも家のことを教えて欲しいと頭を下げた。

「いつでもいいさ」

塩田は快諾すると、それにしても良い家だなと縁側で足を伸ばした。

「亡くなったお婆さんも喜んでいると思いますよ」

「婆さんは死ぬまでここにいたのかい」

「ええ、息子さんの話では、最後はそこの庭先で眠るように倒れていたという話です」

美保はしんみりと言ってから〝しまった〟と思った。自然死は法律上、心理的瑕疵には当たらないが、そこで人が死んでましたと言われて良い気分になる人はいない。しかも、こんな人気のない場所に住むとすれば尚更だ。

どのようにフォローすれば良いか美保が焦っていると、塩田は雑草に覆われた庭先に向かって黙って手を合わせると、「良い最期だよな」と呟いた。

それから美保は購入の意思を再度確認した後、重要事項の説明と契約を一週間後に不動産事務所で行う取り決めをした。

「ところで、どうして塩田さんは西伊豆に家が欲しいと思ったのですか」

仕事がまとまり、ほっとした美保は塩田に訊ねた。

「旅人岬を熱心に見て何か思い出深い感じでしたね」

「なあに、美保ちゃんの横顔に見とれてただけだよ」

美保が睨むと、塩田は困ったようにいがぐり頭を掻いた。それから山間の向こうに広がる駿河湾を見つめた。海面は深い青みがかかり、太陽の光を受けた波間だけが白く輝いている。高所から見る海は硬く冷たい印象を受けるが、夕暮れ時になれば深い海の色に夕日が滲んでここでしか見られない景色になる。

「ここから見る夕日は綺麗でしょうね」

「そうだな、婆さんもきっと景色を見てここに家を建てることを決めたんだろうな」

塩田は先程手を合わせた場所に視線を移すと、もう一度手を合わせた。これはお婆さんへの祈りではなく、感謝の印だなと美保は思った。

それから塩田は縁側に深く腰掛けると、世間話でもするような軽い口調で昔のことを語り出した。

正一は和歌山県田辺市で生まれた。

父親は正一が物心つく前に出て行き、正一は繁華街の裏通りにあるスナックの二階に母親と二人きりで住んでいた。母親は夕方になると鏡台の前で化粧を始め、仕事に出ると朝まで帰ってこなかった。

正一は夜になるといつも二階の窓から外を眺めていた。ケバケバしいネオンの光と酔っぱらいの喧《けん》噪《そう》、そして男達の袖を引く女達。夜の街を見下ろしながら、正一は子供心に自分の本当の居場所はどこか別の場所にあるのではないかと感じていた。

父親がいないことを正一は寂しいと思ったことはなかったが、母親は違うようだった。

母親は色んな男を家に連れ込んだ。しかしそれは正一にとって、決して歓迎すべきことではなかった。

母親目当ての男達にとって、正一は邪魔者でしかなかった。からかわれたり、除け者にされたり、場合によっては理不尽な暴力の対象にされることもあった。正一は母親に助けを求めたが、そんな時、母親は決まって男の肩を持った。

正一はたびたび顔にアザを作って学校へ行った。正一は教師に訊かれても口を閉ざしたが、それでも正一の家庭環境は自然とクラスメイトに知れ渡り、彼は徐々に同級生の輪から外れていった。

正一はこの頃から口数が減り、そのかわり少しずつ一人言を呟くようになった。学校の帰り道や、家の窓から夜の街を眺めている時に、ふと心の中で考えていることが、無意識に口をついて出た。

正一が中学三年になった時だった。

その日はいつにも増して母親と父親の喧嘩が激しかった。母親はヤクザ者と再婚していて、生活費を巡っての言い争いだった。

正一は隣の部屋でじっと身を潜めていたが、母親の頬を叩かれる音とガラスの割れる音に、我慢できずに飛び出すと、母親を守ろうと二人の間に割って入った。

「やめろ」

正一がそう言った瞬間、父親の拳が正一の顔面を捉えた。殴り合いなどしたことのない正一は壁まで吹っ飛んだ。男は倒れ込んだ正一を何の躊躇《ちゅうちょ》もなく殴り続けた。憤怒《ふんぬ》の形相で自分を殴りつける父親の向こうで、なぜか自分に憎しみの視線を向ける母親の顔がスローモーションのように流れた。不思議と痛みは感じなかった。ただ、身を挺して守ろうとした母親が、どうして自分をそんな目で見るのかが理解できなかった。

翌日、正一が目を覚ますと顔全体が焼けるように熱かった。居間の天井を見上げながら、自分はあのまま失神した後、その場に放置されたのだと思った。洗面所に行って、鏡を見ると目元が紫色に腫れ上がり、唇はパックリと切れていた。口の中に広がる血の味が気持ち悪く、うがいをすると折れた前歯の欠片が洗面台に落ちて乾いた音を立てた。正一は歯の欠けた顔を鏡に映しながら、クラスメイトに自分と同じような目に遭っている人間が一人でもいるだろうかと考えた。

　隣の部屋を覗くと両親は何事もなかったかのように布団で寝ていた。正一は物音を立てないように襖を閉めた。時計を見ると七時半をまわっていた。

　もう学校へ行く時間だった。しかし学生服に着替えた所で、急に抑えていた感情がこみ上げてきて体が震えた。正一は腫れ上がった顔を両手で押さえながら声を殺して泣いた。

　しばらくして泣き止んだ正一は自分が酷く落ち着いていることに気づいた。時計を見るともう八時を過ぎていた。このままだと学校に遅刻してしまうが、今の正一にとって、そんなことはもうどうでも良いように思えた。どうせ自分は誰にも必要とされていないのだ。もともと居場所なんかどこにもない、家の中を見回しても何の愛着も感じなかった。

　どうせなら自分から消えてしまおうかと正一は思った。

　自分の居場所がここにないのなら、ずっとこの場所で寂しい思いをし続けるなら、例え行方知れずになって、誰にも知られずに行き倒れても構わない、そこで死んだら、そこが自分の居場所だ。

　正一は学生服を脱ぎ捨てると、ジーンズとＴシャツに着替え、野球帽を深く被った。そして居間に置いてあった父親の財布から数枚の千円札を抜き取り、さらに一階に下りてスナックのカウンター裏に置いてある釣り銭用の硬貨をポケットに突っ込むと家を出た。

　朝の歓楽街は人通りがなく閑散としていた。ネオンの消えたスナックの看板は安っぽく何もかも嘘くさかった。電柱の影には酔っぱらいの吐瀉物《としゃぶつ》があり、至る所にタバコの吸い殻が転がっていた。正一は酔っぱらいが放置していった自転車に跨がると、学校とは逆の方向に漕ぎ出した。

　正一は同級生達に出くわさないように慎重に道を選びながら学区外に出ると、一気に自転車のスピードを上げた。流れていく街の景色に、自分を睨む母親の顔がオーバーラップした。母親にとって自分は邪魔者でしかない。母親は自分さえいなければ他の男と一緒になり幸せになれると信じている。それでも構わないと思った。正一は自転車を漕ぐ足に力を込めた。少しでも違う景色を見たかった。

　持ち金は父親の財布から盗んだ三千円と小銭が少し。途中パンを買い、自販機でジュースを買った後は公園で水を飲んだり、畑から大根やトマトを盗んで空腹をごまかした。夜になると、寂れた神社の軒下でリュックを枕代わりにして眠りについた。

　野宿は予想以上に体に堪えたが、それでも父の暴力に怯えることを思えば幸せだった。正一は街の音に耳を澄ませながら、世の中には自分のような人間の居場所が、きっとどこかにあるはずだと考えた。

　昼は自転車を漕ぎ、夜は神社や公園で休むという生活を正一は続けた。顔の腫れは一週間ほどで消えた。公園のトイレの鏡を覗き込みながら、痕が一生残ると思っていた怪我が綺麗に治っていたことに安堵した。それから正一は自分の顔がやけに大人びて見えることに気づいた。それは単に少しやつれただけのことかも知れないし、他人の顔色を窺うような生活から離れたおかげで自分の顔に意志の色が宿ったのかも知れなかった。

お金は十日もすると無くなったが、戻ろうという気は微塵も起きなかった。これまで通り、畑の作物を失敬することに加え、これからは神社の賽銭箱から少しだけお金を拝借すれば良かった。その際、正一は「働き始めたら必ず返しに来ます」と、断りを入れた。神様など正一は信じていなかったが、日々の寝床も手の中にある小銭も、神様の存在なくしてはあり得ないものだからと、その時だけは真剣に頭を下げた。

正一の旅は続き、和歌山から三重に入り、愛知を抜けた。どこへ行くという当てもなかったが、それでもこのまま逃げ続けて中学が終わってしまえば、どこかで働くことも出来るのではないかと考えていた。ともかく家から離れなければ……、それだけを目標に正一は自転車を漕いだ。家を出てから三週間、気がつけば正一はもう静岡まで来ていた。

自転車の旅は楽しかった。多くを望みさえしなければ、自分の好きな場所に行くことが出来たし、束縛のない生活は自由だった。ただ時折、言いようのない罪悪感に苛《さいな》まれることがあった。それは親や学校に対してでも、賽銭を盗んだ神社に対してでもなかった。もっと目に見えない、社会全体のしきたりのようなものに対して、正一は負い目を感じるのだった。なぜ自由に生きることに対して、自分は罪悪感を感じなければならないのか、いくら考えても答えは出なかった。そして、その贖罪《しょくざい》のしようのない罪悪感こそが、正一にとって自転車を漕ぐ原動力となり、野宿を苦とせぬ精神的支柱となっていたから不思議だった。

静岡に入った正一は海岸沿いを好んで走った。すでに夏休みに入っていたので、周りの目を気にする必要はなかった。日差しはきつかったが、海で洗った服はすぐに乾いたし、拾った仕掛けで魚釣りに一日興じた事もあった。撫でるような潮風に身をまかせながら、日に焼かれるのは気持ちよかった。波頭が砕け、白波が泡立つ様はいくら見ていても飽きなかった。それは正一にとって生まれて初めての、たった一人のバカンスだった。それでも仲の良さそうな親子連れを見ると複雑な気持ちになり、そんな時、正一は下を向いてやり過ごすほかはなかった。

　そんな正一のささやかな生活は長くは続かなかった。

　三島に入った時だった。海岸沿いから市街地に変わり、正一が辺りを見回しながら自転車を漕いでいると、対向車線から来たパトカーが急にスピードを落とした。パトカーの助手席にいる警官が正一にちらりと視線を投げる。正一は反射的に顔をそらした。しかし後ろめたさからか足がペダルから外れた。惰性で進む自転車とパトカーがゆっくりとすれ違う。すれ違う寸前、正一はよせばよいのに警官の顔色を窺ってしまった。警官は正一を疑り深い眼で真っ直ぐに見つめていた。

「そこの自転車止まりなさい」

　パトカーのスピーカーから正一を制止する声が上がった。正一は心臓が握りつぶされた気がした。狼狽した正一は後ろを振り向いた際に電柱にぶつかり、バランスを崩し、無様《ぶざま》に転倒した。パトカーのハザードランプが点灯し、警官が降りてこようとドアを開けた。

　次の瞬間、正一は自転車ごと起き上がると、自転車に跨がり、脱兎《だっと》のごとく逃げだした。

　正一は全ての力を両足に込めてペダルを漕いだ。途中何度も人にぶつかりそうになりながら、必死に正一はパトカーから逃げた。パトカーの姿は見えなかったが、どこまでもサイレンの音が追いかけてくるような気がして、正一は気が気ではなかった。

ようやく正一が落ち着きを取り戻した時、辺りはもう薄暗くなっていた。道は山道にさしかかっていて、夕焼けに彩られた三島の街を見渡すことが出来た。

正一はリュックからペットボトルを取り出して水を飲むと、自転車の脇にへたり込んだ。正一はパトカーから逃げ切れたことに安堵しながら、これからのことを考えた。もう一度三島の街に引き返し、今夜の寝床を探すか、それとも今から山を越えて次の街を目指すか。本来なら三島の街に戻りたいところだが、巡回しているパトカーに遭遇することだけは絶対に避けたかった。

正一は悩んだ挙げ句、山越えを選択することにした。体力的には厳しいが、自転車なら大抵の山は一時間もあれば越えられるはずだ。

「大丈夫だ。登り切ってしまえばあとは下るだけだ」

正一はそう言って自分を励ました。

山道に入ると辺りは急に暗くなった。自転車のか細いライトの光を頼りに、急勾配の坂を上って行く。時折、猛スピードで車が通り過ぎていくのを、正一は不安げに見送った。

いつまで漕いでも上り坂は終わらなかった。時計は持っていなかったが、かれこれ二時間以上は漕いでいる気がする。この山はこれまでの山とは違うのかも知れないと正一は思い始めた。

「戻った方が良いのかも知れない」

正一は何度も迷ったが、パトカーに追われた恐怖が頭にこびりついていて、どうしても引き返すことが出来なかった。

やがて正一はこれ以上進むことも退くことも出来なくなった。辺りは闇に包まれて、体力的にも限界を迎えていた。正一は自転車を藪の中に引き込むと、自分は木の根元に腰掛け幹に体を預けた。パトカーが自分を探しているような不安は未だ消えず、喉も渇いていたが、綿のように疲れた体は横になるとすぐに眠りに落ちた。

翌日、道路から聞こえてくる車やバイクのエンジン音で正一は目を覚ました。身を起こすとすでに陽はだいぶ高くなっていた。

「一時間も上ればきっと山頂だ」

正一は疲れた体に鞭打つと、再び山道を上りだした。

正一の予想通り漕ぎ出して丁度一時間後、坂道はようやく山頂を迎えた。昨夜から飲まず食わずの正一だったが、この時はさすがに元気が出た。自転車は生き返ったかのように軽快に坂道を下りだした。スピードがどんどん上がり景色が後ろに流れていく。空気抵抗を全身で受けながら、自転車の奏でるロードノイズを聞いていると、自分が特別な人間になった気がして嬉しかった。前を走る車との距離が詰まり、車の後部座席に乗っていた小さな女の子が、正一の自転車のスピードに目を見張り手を振った。

下り始めて三十分もしないうちに、正一は修善寺という場所にたどり着いた。山間にある川沿いの温泉街で、古い街並みが歴史を感じさせた。正一は甘い匂いに引き寄せられるように、土産屋でまんじゅうと飲み物を買うと、川辺に座って貪《むさぼ》り食った。空腹が少し落ち着いた正一は川で疲れた足を洗った。正一は温泉の臭いを嗅ぎながら、もしも温泉に浸かって手足を伸ばせば、どんなに気持ちが良いだろうかと思った。

　正一は残り少ないお金で蕎麦を食べた後、修禅寺を参拝した。神社や寺の軒下で野宿を重ねてきた正一はこういった建物に自然と興味を持つようになっており、地名にもなったこの建物を是非見ておきたかった。修禅寺は今から千二百年前に建てられた歴史ある建物で、大地に根を生やしたような四本の向拝《こうはい》柱が、重厚感ある瓦屋根を支えているのが特徴的だった。正一は他の参拝客と同じように向拝柱の間を通って手を合わせた。願い事をしようとしたが、様々な思いが浮かんでうまく形にならなかった。

　参拝を終えた正一はこれからどうしようかと考えた。本来なら、ここで一晩休みたいところだったが、浴衣姿の観光客ばかりのなかで、正一の薄汚れた格好はひどく目についた。昼食に立ち寄ったそば屋でも、どこから来たのかと女将にしつこく話しかけられた。相手が勝手に、夏休みを利用して自転車で旅をしていると思い込んでくれたおかげで助かったが、いつ不審の目を向けられてもおかしくなかった。

　正一はやはりその日の内に修善寺を後にすることに決めた。再び山道を行くことになるが、まだ昼過ぎだから何とかなるだろうと単純に考えた。本当はもっと綿密に計画を立てなければいけない気がしたが、このところ正一は深く考えることが酷く億劫になっていた。

自転車はきしんだ音を立てながら坂道を上って行く。途中、買っておいた温泉まんじゅうやペットボトルに入れた水を飲んで休憩したが、先はまだ長そうだった。自分を励ましながら、坂道を上っていると、やがて道が二手に分かれた。

このまま真っ直ぐ行くか、右に折れるか。道幅や車の流れからいって、道なりに行くのが正しいように思えた。しかし標識に天城峠と書かれていることが気になった。天城峠とはよくスナックから聞こえてきた石川さゆりの歌に出てくるやつだ。歌を聴く度に、天城峠というのはどこにあるのだろうと思っていたが、まさかそのすぐそばまで来ているとは思わなかった。天城峠がどういう所かはわからなかったが、歌になるくらい険しい峠だということだけは容易に想像できた。

正一はしばらく逡巡《しゅんじゅん》した後、天城峠を避けて分かれ道を右に曲がることにした。道のりも厳しそうだし、天城という地名にも畏怖《いふ》に近いものを感じた。

予感はある意味正しかったのかも知れない。傾斜はさらにきつくなり、立ち漕ぎで進んでいると、急にペダルが軽くなり正一はバランスを崩した。足元を見てみると、自転車のチェーンが切れてアスファルトの上に転がっていた。最近、頻繁にチェーンが外れるようになっていたが、まさか切れるとは思わなかった。

正一はしばらく試行錯誤した後、自転車を放棄することに決めた。この一ヶ月の間、ずっと一緒だった自転車と離れることは正直心細かったが嘆いている暇はなかった。山道の険しさは昨日から身にしみている。一刻も早く山を越えなければならなかった。

山道でも日差しは強くアスファルトの表面は陽炎で揺らいでいた。頬を伝って落ちた汗がアスファルトに黒い染みを作った。途中、道は何度か下りになったが、自転車の時のように風を感じながら気持ちよく下るというわけにはいかなかった。乗り捨てられた自転車はないかと辺りを見ながら歩いたが、そんな都合良くいくわけがなかった。足が徐々に痛みだした。歩む速度は遅くなり、時間だけが過ぎていった。ずっと自転車で旅を続けられると思っていたのが、たった一日でこんな風になってしまうのが信じられなかった。

正一は手の甲で目元を拭った。ここで歩くのを止めるわけにはいかない。足はますます痛みを増し、空腹や喉の渇きも耐え難かった。辺りは暗くなり心細さだけが増していく中で、正一は黙って足を動かし続けた。

いったいどれだけ歩いただろう。正一は歩き始めてから一度の休憩も挟まずに歩いていた。十キロはとっくに歩いているはずだ、ひょっとしたら二十キロ以上歩き続けているのかも知れない。この一ヶ月間の疲労が体の隅々まで蓄積していた。正一は無意識に手に持ったペットボトルの蓋を外すと口に運んだが、中身はとっくに空になっていた。

正一の脳裏に過去の様々な出来事が浮かんでは消えていった。実の父親が自分を捨てて出て行ったことや、その時から自分には居場所というものがなくなったこと。母親からまともな愛情を受ける事も出来ず、欲しい物を欲しいと言うことも出来なかったこと。母親の連れてきた男から受けた暴力や恐怖を黙って耐えた日々。周りとは違うということを分かっていながら、それに気づかぬふりをして続けた学校生活。どうして今そんなことを考えるのか、自分でも分からなかった。そんなことを考えても何も意味はなかった。だが、思い出は次々に浮かんできた。そしてその思い出が浮かぶ限り、正一は歩みを止めることが出来なかった。

いつのまにか辺りは夜になっていた。正一はまだ歩き続けていた。歩くのを止めてしまったらこの旅が終わってしまうような気がして休むことが出来なかった。足下だけを見て、一歩一歩足を前に出すことだけに力を注いだ。だから闇の向こうに見える民家の明かりを認めたのはそれがかなり近くになってからだった。

「家だ」

あそこへ行けば水を飲ませてもらえる。正一は空のペットボトルを握りしめながら、早足になった。血豆が割れたせいで靴の中がぬるぬるとしていたが、さして気にならなかった。民家は徐々に近づき、やがて正一は古びた民家の前にたどり着いた。

辺りには集落のようなものはなく、この家だけが山中にひっそりと佇んでいた。

「すいません、誰かいませんか」

玄関には鍵がかかっていたが、物音に気がついたのか、家の人間が玄関に出てくる気配がした。

「道に迷ってしまって、水を一杯飲ませてもらえませんか」

正一が声をかけると、中の人影がゆっくり近づき、鍵を開ける音がした。

玄関のガラス戸が音を立てて開いたかと思うと、よく日に焼けた老婆がひょいっと顔を出した。

「どうしたんだ」

正一の姿を見た老婆は驚いた顔をした。

正一は自転車が山中で壊れて歩いていたら夜になってしまったと説明した。

老婆はそれは大変だろうと正一に家に入るよう言った。正一は躊躇したが、断れば却って怪しまれるだろうと黙って従った。

「夏休みを利用して自転車で旅をしているんです」

中学生であることがばれないように、正一は年齢を偽り高校一年だと告げた。老婆は疑うことなく、労をねぎらってくれたので、正一はひとまず安心した。

老婆は水だけでなく、夕食の残りだからと食事も出してくれた。昼から何も食べてない正一はあっという間に出された食事を平らげた。それから老婆は正一に風呂に入るように勧めた。正一は固辞したが、老婆は残り湯だからと正一の手を引いて強引に風呂場に連れて行った。

風呂場の扉を開けると、湯船から立ち上る湯煙が正一を包み込んだ。この一ヶ月の間、野宿生活をしてきた正一にとって、それは忘れかけていた生活の香りだった。正一は昼間に修善寺で温泉に入りたいと考えたことを思い出した。湯船に浸かると、溢れたお湯が音を立てて洗い場にこぼれ、プラスチックのイスが端に押し流された。正一は両手ですくったお湯を顔に何度も掛けた。お湯は温かくて柔らかかった。全身の疲労物質が溶けていくようで、足の裏の血豆が破れて脈打つようにじんじんと痛んだが、それすらも心地よく感じられた。

洗い場で体を洗うと泡が真っ黒になり、正一はこんなに体が汚れていたのかと驚いた。

それからもう一度湯船に入った。体だけ洗ってすぐに出ようと思っていた正一だったが、結局、手足がふやけるまで長湯をしてしまった。

風呂から出ると正一の着ていた衣服は無く、代わりに男物の浴衣が置いてあった。

正一が声をかけると、着替えは洗濯したから今日はそれを着て泊まっていけと返事が返ってきた。

正一は一瞬、着替えを強引にでも取り返して外で野宿しようと思ったが、疲れ切った体がそれを許さなかった。

正一は言われるままに敷かれた布団に横になった。柔らかい布団にくるまれた途端、体中があちこち痛んだ。もしもこの家の人に助けてもらうことが出来なければ、今頃どうなっていただろうか。きっと今も山道を歩いていたに違いなかった。正一はこの家にやっかいになることが出来て本当に良かったと思った。軽く寝返りを打つと布団から微かに人の匂いがして、正一は嬉しくなった。

微睡《まどろ》みはすぐにやってきた。


翌朝、目が覚めると警察の人間がいた。

「塩田正一君だね」

生活安全局地域課の小林という男が穏やかに言った。正一は布団から身を起こして辺りを見回すと、若い婦人警官の隣で老婆が後ろめたいような顔でこちらを見ていた。

正一には捜索依頼が両親から出されていた。老婆は正一を一目見た瞬間に家出してきたのだと見抜いていた。

正一は小林の問いに出来るだけ丁寧に答えた。途中、疲れからか正一が咳き込むと老婆がすぐにコップに水を入れて持ってきてくれた。

質問が終わり、正一は小林に連れられて警察署に行くことになった。正一は洗濯されて綺麗に折り畳まれた自分の服を受け取りながら、ありがとうございました、と老婆に頭を下げると、

「ごめんねえ」

と老婆が涙ぐんだので、正一が真顔で「一宿一飯のご恩は一生忘れません」と言うと、小林とその隣の婦人警官が思わず吹き出した。

家の外に出ると、蝉の音が盛大に聞こえた。正一はこの二日間、蝉の鳴き声が耳に入らないほど追い詰められていたことに、初めて気がついた。

パトカーに乗り込む際、老婆はおむすびを包んで正一に渡してくれた。

あれほど苦労した山道も車に乗れば何の苦労もいらなかった。正一は後部座席で、婦人警官と取り留めの無い話をしたり、景色を眺めていれば良かった。

パトカーは十分程走ると麓の街に入り、そのまま海岸沿いの道に入った。きらめく海の景色を見ながら、もしも自転車が壊れずにここまでくることが出来たら、きっと自分は日本の端から端、あらゆ

るところに行けただろうかと思った。

「あれを見てごらん」

車を運転しながら小林が言った。

小林が指差す方を見てみると岬があった。

「旅人岬って言うんだ。君にはお似合いだろう。今度は家出ではなくて、きちんと大人になってから来るといい」

軽い口調で言ったので、隣の婦人警官が咎めるような仕草をしたが、正一ははっきりと「ハイ」と答えた。

正一は沼津の警察署で簡単な身元確認を受けた後、その日のうちに和歌山の自宅に送り返された。正一は両親に酷く怒られるだろうと思っていたが、意外にも両親は何も言わなかった。翌日には担任が家庭訪問に来た。叱られることはなく、夏休みが終わったらこれまで通り学校に来るようにとだけ言われた。後で近所の人間に聞かされた話では、地元の新聞に載ったりして大騒ぎだったらしい。二学期になり、学校が始まったが、以前のように正一を馬鹿にしたりする生徒はいなくなっていた。正一はそんな周りの変化はあまり気にならなかった。もしも本当に嫌だと思ったら、また自分の意志で家出をすれば良いだけの話だった。それでも正一の話をどうしても聞きたいという同級生が別のクラスからやってきて、話をしている内に仲良くなったりもした。自分と同じように家族や学校のことで悩んでいる生徒は意外にも沢山いた。

そして進路を決めるときになると、正一は働きたい旨を担任に伝えた。担任は働きながら定時制に通うことを勧めたが、正一が家を出たいことを強く訴えると、住み込みで働ける職場を見つけてくれた。


「まさか、その時泊まった家がここなんですか」

「いやあ、さすがにそれは違うな」

塩田は明るく言うと、それにしてもあの風呂は忘れられねえな、と懐かしむように言った。

美保は塩田の横顔を見ながら、会社の人間関係で悩んでいた自分がなんだか馬鹿らしくなった。

「ここからならいつでも旅人岬を見ることが出来ますね」

「その前にこの庭の雑草を全部抜かないとな」

塩田は大仰な身振りをしたが、きっと彼なら一日で庭を綺麗にしてしまうだろう。

「ところで塩田さんだったらどうするんですか」

「どうするって」

「もしもここに家出した少年が来たら、塩田さんはどうしますか。やっぱり警察を呼びますか、それとも、事情を察した上で何か別のことをしてあげますか」

言いながら正解のない質問だなと美保は思った。だけど塩田がそういった判断を任されたときにどういう答えを出すのか、美保は知りたかった。

「警察を呼ぶな」

塩田はきっぱりと答えた。

「やっぱり通報するんですか」

なんとなく別の答えが返ってくるものと思っていた美保は、ほんの少しがっかりした。

「ああ、一人で生きていくのはそんなに甘くねえ。そんな苦労は子供にはまだ早いよ」

塩田はそこで息をつくと、少し声のトーンを落として続けた。

「――ただ、どうしても辛ければもう一度来いって言うよ。そしたら二度と出て行けとは言わない、俺が手取り足取り仕事を教えて、どこでも生きていける人間にしてやる」

塩田の顔には一人で生きてきた男の逞しさがあった。

「そういうことをその場の慰めじゃなくて、本気で言える人はそんなにいないと思います」

美保が尊敬の眼差しを向けると、塩田は照れたように鼻の頭を掻いた。

「でも、やっぱりその時になってみなければ分からないけどな、相手がどんな人間で、その時の自分がどんな人間なのか、本当にその時になってみなければ分からないよ」

そしてまた伊豆の山を彷徨ったときの心細さを昨日のことのように語り出す。

「それじゃあ、もうそろそろ」

このままではもう一度同じ話を聞く羽目になると、美保は塩田を促した。

「おおっ、このままじゃ夜になっちまう」

そういって塩田が立ち上がろうとした時、不意に塩田の携帯が鳴った。

「ちょっと悪いな」

塩田は断りを入れると、携帯に目を落とした。そして一瞬意外な表情を浮かべた後、彼は唇を引き結んだ。

お喋りな彼には似合わない表情だった。彼はじっと携帯を見つめたまま、何を考えているのか動こうとしない。美保はマナー違反だと理解していながら、横目で携帯の液晶を覗き込んだ。液晶には水野有理と表示されていた。

呼び出し音はそれから一分以上続いた。その間、塩田は携帯を見つめたまま微動だにしなかった。やがて呼び出し音は止まった。

「出なくて良かったんですか」

「ああ」

美保が言うと、塩田は頷いて立ち上がった。美保は塩田が電話に出なかったことに、なぜか安堵していた。

「俺は女と別れるときは一度しっかりと話をして、それで終わりにすることにしているんだ」

塩田は美保に弁解するように言うと、そこで何かに気づいたような顔をした。

「どうかしたんですか」

美保がそう言ったとき、再び塩田の携帯が鳴った。

塩田は再び携帯を見つめた。美保は塩田の表情を窺ったが、立ち上がった塩田の顔に夕日が重なって、見ることは出来なかった。ただ、塩田が携帯に出たことだけが分かった。

「もしもし」

塩田が携帯の向こうにいる誰かに話しかけた。

「もしもし」

再び塩田が言った。美保はこのまま相手が答えないで電話が切れてしまえば良いと思った。

「――理央か」

しばらく受話器の向こうに耳を澄ませていた塩田が言った。理央というのはここに来るときに塩田が話をしていた別れた女の連れ子の名前だ。

塩田は電話の向こうで黙り込む少年に粘り強く話しかけた。はじめは塩田が一方的に話しかけているだけだったが、徐々に理央も口を開いたのか、会話らしきものに変化していく。

「なんだ、泣いているのか……、うん……どうした……うん、どこが痛い……男に殴られたのか、大丈夫か……ああ、覚えているよ……約束したな。今どこにいる、いつものミニ四駆コーナーか……そうか……分かった。――すぐに行くよ。だから泣くな、理央」

塩田の声がどんどん優しさで満ちていくのが分かった。美保は家出をした少年を、塩田だったらどうするかなど聞かなければ良かったと思った。

「――悪い、この話はなかったことにしてくれないか」

電話を切った塩田は夕日の中で美保に頭を下げた。

「わざわざ一日つきあわせて。美保ちゃん、今回の仕事に進退をかけていたっていうのに」

塩田は心の底から申し訳ないといった風にさらに深く頭を垂れる。

「いいんですよ」

美保は首を振った。

「この仕事を辞めるなんてよく言う営業トークみたいなものですから」

美保は努めて明るく言うと、無理に笑って塩田の肩を馴れ馴れしく叩いた。そしてなおも詫びようとする塩田を制して車に乗せる。車は滑るように山道を降りて行った。塩田は無言で駿河湾を真っ赤に染める夕日をじっと見つめている。その様子を美保は横目で見ながら塩田は夕日の向こうへ行ったのだと思った。

優秀賞（小説）

由《ゆ》比《い》浦《うら》の夕《ゆう》陽《ひ》

髙部《たかべ》　務《つとむ》

一

「父ちゃん、帰ったよ」

それは、聞き慣れた太くて掠れた声だった。声と同時に格子戸がガランと音を立てて開けられた。

法被に股引、脚絆に草鞋を穿いた男が背中に背嚢《はいのう》を背負い、夕陽を浴びて立っていた。髪は伸び放題で耳を覆い、口髭を生やしているが、中肉中背で浅黒い顔とがっしりした鼻形は次男坊の藤吉に間違いなかった。

「おお、帰ったか。みんな心配したんだぞっ」

羽田竜太郎は、藤吉の肩を両手で摑んだ。

「この通り元気さ。土産はないけどあっちでちゃんと働いた。父ちゃんと約束した新造船を買ってやるからな」

土間に下ろした背嚢は肩当ての部分が汚れて擦り切れていた。

足元は爪先から指が見える草鞋を穿いている。

藤吉は突っ立ったまま、感無量といった顔で部屋の中を見回した。

「ここは変わってないんだなぁ」

「一年くらい留守にしたからって変わりようはないずら」

「そうか、うん、そうだな」

唇の片端を上げて笑った。背嚢の紐を解き、手垢で汚れた布袋を出した。唐草模様の巾着は母親の千代が出征する前夜に縫いあげたものだ。藤吉は厚く膨らんだ巾着の紐を解くと、竜太郎に中を見せた。明治通宝が詰まっていた。

「な、なんだこりゃ」

竜太郎は尻もちをつきそうになった。

「日本は戦争に勝った。父ちゃん、俺は勝ったんだ」

得意気に言うや、巾着を逆さまにした。銭が湧き出すように地べたに落ち、竜太郎の足元を埋め尽くした。


竜太郎はそこで目が覚めた。

隣を見ると、妻の千代が背中を向けて寝息をたてていた。戸口は閉まったままで、格子戸の窓の外に半分欠けた月が青白い光を放っている。竜太郎は頭を左右に二、三回振った。もう一度目を凝らして窓の外を見た。

「なんだ、夢だったのか」

立ち上がって台所に降りた。桶の水を柄杓で汲み、喉に流し込む。

「あんた、眠れんの」

千代も目を覚ましたようだ。寝返りを打って竜太郎の方に体を向け、台所の竜太郎に声を掛けてきた。

「いやぁ、変な夢を見たんだ」

夢の中の光景がまだ眼裏にまざまざと映し出されている。

「夢、どんな……」

「藤吉が玄関に立ってたんだ。新造船を作るだけの銭を稼いできたと言って、巾着を逆さにぶちまけて……」

「藤吉が……」

「ああ、あの時、俺が断固止めておけばこんなに心配することはなかったんだ。止めてさえおけば……」

柄杓を握ったまま竜太郎は呟いた。背丈は五尺五寸（約百六十五センチ）で藤吉より二寸（約六センチ）は勝るが、千代の眼には竜太郎の体が息子のそれに重なって見えた。

「夢はともかく、今日は村の勤労奉仕だよ。あんたも出るんでしょ」

「出たかぁねえが、出ないわけにはいかにゃあら」

祖父の金蔵に代わって竜太郎が当主になってから二十年が経っている。千代の頬は陰りを帯びて、か細い体がいちだんと痩せて見えた。それ以上言葉を交わさず、竜太郎は黙って布団に滑り込んだ。頭まで布団を引きよせ、千代に背中を向ける。

「あの子はきっと生きている。そうだよね」

「あいつは責任感が強いから、怪我をした仲間に付き添って帰りが遅れてるんずらよ。そうに決まっている」

その返事は、自分に言い聞かせたものだった。

浜から吹きつける潮風が、壁板を叩いて通りすぎてゆく。

かつて東海道の宿場町だった静岡県の由比は、清水の港とは海にせり出している薩埵峠で遮られ、寺尾山を背後に駿河湾が眼前に広がっている。村は山裾と海岸とが三町（約三百二十七メートル）ほどしかない長方形の狭い地形だ。

明治二十八（一八九五）年七月。日清戦争の勝利で日本国中が沸きたっていた。出征兵士が帰国した由比でも、凱旋帰国祝賀パレードと歓迎慰労会が明後日、由比小学校で開かれることになっていた。

パレードでは、各村々が嗜好を凝らした出し物を拵えて参加することになっている。漁師仲間の話し合いで決まった今宿《いまじゅく》の出し物は、大ぶりの蛸と鰹の張り子だ。

出し物の制作は村の最明寺で行われていた。住職が樹齢三百年と自慢する裏山の欅に止まった油蝉が姦《かしま》しい鳴き声を夏空に響き渡らせている晴天で、竜太郎が行った時にはもう皆が集まっていた。

切り出した孟宗竹を鉈で割って細く切り裂く。子供たちのために凧を作るときと同じ要領で、竜太郎はナイフを握りしめ七尺近くある籤《ひご》を五十本以上拵えた。捻ったり丸めたりと自在に曲がる籤は、高さが一間はある張子の蛸になる。

達磨さんのように大きな頭が完成すれば、今度は足の番だ。

「やっぱり蛸の足は八本作らなきゃあ、まずいかなぁ」

竹篦を右手に持った虎五郎が額の汗を拭いながら言う。

「そりゃあそうずら。おみゃあ何年漁師をしてるんだぁ。蛸は八本足に決まってるら」

禿頭に捩じり鉢巻の平八がまぜっかえした。

二人とも今宿の漁師仲間だ。

女子衆も集まっていた。どの顔も目尻を下げ、浮足立っている。鈍色《にびいろ》の法衣を石帯《せきたい》で締めた住職が本堂から顔を出した。数珠を手にしている。

「おお、見事な蛸じゃのう。今にも動き出しそうだ」

言いながら下駄に足を掛けた。

「お国のために戦った兵隊さんらも、こんな立派な行列を出してもらえるとなりゃあ、感無量じゃろうて」

誰もが笑顔で頷く中、竜太郎だけは俯《うつむ》いたまま口をへの字に結んでいた。竹を割る手が震えている。そこへ、腰の曲がった寺男が大きな盆に山盛りのスイカを運んできた。

「さあ、皆さん、ひと休みして一服してくりょう」

「ありがてぇや、喉がカラカラだったんだ」

誰の顔も汗だくだ。首に巻いた手拭いで額を流れる汗を拭きながら、盆の前に集まってきた。

日焼けした平八の手が真っ先にスイカを摑んだ。

「大陸ちゅうとこは、この海みてえに地平線の先まで平らな土地が続いてるんだと。朝鮮半島が日本のものになりゃあ、こんな狭いところに押し合いへし合い住みついていることはにゃあもんな」

虎五郎がスイカの種をぺっと吐いた。

「えっ、そんなに」

兵吉もスイカに齧り付きながら上半身を乗りだした。普段は百姓で、漁業期になると漁船の乗り子として日雇いで海に出ている。

「だったら蜜柑だってお茶だって、鍬を入れれば好きなだけ植えたい放題ずら」

兵吉は背中に控える寺尾山を見上げた。由比の百姓にとっての農地は、細長く伸びる街道筋を除けば、一歩足を滑らせると麓まで転がってしまうような急勾配が山頂まで続く寺尾山しかない。

「広い土地があれば米だって穫れる。米が穫れて魚も獲れるとなりゃあ、楽な暮らしができる」

兵吉は目の前に広がる駿河湾の水平線に視線を泳がした。

「そりゃあ絵に描いた餅ずら」

平八が茶々を入れた。

「絵に描いた餅でも言うだけなら無料ずら」

「そりゃあ、まあそうだ、カッカするなって」

「いいか平八、日本は勝った。勝ったんだ。好きなだけの土地をくれるっちゅうなら、俺はすぐにでも大陸に飛んでくよ」

兵吉はそう言うや、銃を構える真似をした。

竜太郎だけはスイカにも手を出さず、苦渋に満ちた面持ちで兵吉と平八のやりとりに耳を傾けている。


歓迎慰労会が開かれたのは七月二十一日だった。

由比から召集された三十名のうち二名の戦死者を出している。

初夏の日差しは強烈だ。薩埵岬の向こう側に白い綿雲が浮かんでいた。海は凪いで伊豆半島の山並みが陽炎に霞んでいる。

慰労会には町長をはじめ多くの町民が出席した。戦勝パレードは式典に先立って敢行された。由比と蒲原の境界線にある蒲原停車場から西倉沢まで町を縦断する道のりだ。町内の村々が趣向を凝らした出し物は絢爛豪華なものだった。

今宿の竜太郎たちが用意した蛸と鰹の張り子も、車の荷台に乗せて飾られ、赤く塗られた蛸の色彩が夏日に映えて、街道の両側に待ち受ける人々の目を奪った。

祝賀会場は由比小学校だ。振舞い酒が用意され、会場は大賑わいだったが……。

竜太郎と長男の又三郎は、その輪には加わらなかった。

二

日清戦争が勃発したのは明治二十七年八月一日である。日本と清国の朝鮮半島をめぐる主導権争いから起きた戦いだ。

由比町役場へ横須賀鎮守府所管より召集令が届いたのは、日本が宣戦布告した五日前、七月二十六日の正午を少し回った時刻だった。

召集令には、五日後、名古屋の第三師団に合流すべしとあって、町屋原、阿僧、寺尾、由比、入山、北田、倉沢、東山寺、今宿と各地域から応召軍人が選ばれていた。町長の音頭で由比小学校に三十名が集められ、壮行会を兼ねた出兵祝宴会が開かれた。

会場には町民の多くが顔を見せて、祝い酒が振舞われた。

「隣の蒲原も人口は七千人前後で同じくらいなのに、由比が三十人で蒲原が二十一名っちゅうのはどういうことだ。どう考えても平等なんかじゃねえずら」

名簿を手にした町長が忌々し気に呟いた。

このときは竜太郎も祝宴に参加した。盃を手に窓の外の人気のない校庭を眺めていると、平八が竜太郎の顔を覗き込んできた。

「おめえんところは倅が三人いる。なのによ、三男坊は養子に出したし、次男坊は前科者だ。徴兵の対象にゃならねえずら」

「ああ、おかげ様で」

平八が言うように、竜太郎には三人の息子がいる。家を継いだのは長男の又三郎で、嫡男は徴兵されない。次男の藤吉は家を出てしまったし、三男の市松は他家へ養子に出しているから、世間の目からみれば、羽田家では誰も戦争に行かないことになる。

平八の咎めるような視線に耐えかねて、竜太郎はそそくさと席を立った。出征当日の由比の駅前には、兵士の名前が書き込まれた提灯が用意されていた。こうなればもう出征兵士とは無縁の村人までが否応なく喧噪に巻き込まれる。町長の万歳三唱に合わせ、ホームを埋めていた住民がその声に続く。由比の町は戦争一色に染まった。


本来なら竜太郎は、多少の後ろめたさと居心地の悪さを感じながらも、出征する息子はいないことに安堵しているはずだった。

ところが実際は、そうではなかった。

問題は次男の藤吉である。藤吉は十六歳で家を出てからの二十一年間、富士川舟運の発着の拠点である岩渕の河岸に腰を据え、馬方や舟子として働いていた。今では二歳年上の民子と所帯を持ち、蒲原に住まいを構えている。

舟運の荷物の集積地として栄える岩渕の河岸も、蒲原の吹上浜も、清水次郎長一家の縄張りである。

藤吉が岩渕の河岸に足を踏み入れて以来世話になっているのが次郎長の子分の三国三蔵で、三蔵は若いながら岩渕の河岸を仕切る一家の重責を担っていた。

　藤吉は面倒見のいい三蔵を兄貴分として慕っている。

　岩渕の河岸から清水港の総元締めを任された三蔵は、三年前のある日、藤吉に話をもちかけた。

「俺の代わりに清水港の沖仲（沖仲士）を仕切ってくれねえか」

　藤吉は二つ返事で引き受け、清水港に流れ込む巴川の川岸に女房の民子と共に居を移した。

　そこまでは竜太郎も承知していた。

　その藤吉が筒袖の半纏に腹掛け股引姿で実家の敷居を跨いだのは、町に召集令状が届く十日ほど前の梅雨の晴れ間の夕刻だった。

「親爺、俺にも運が向いて来たようだ」

　逞しい両肩をこれ見よがしに突き出して、茶色の封筒をポケットから取り出した。千代が用意したお茶と煎餅には目もくれない。

「港湾事務所から降りて来たもので、兄貴分から、ひとつお前もお国のために働いてみないかと勧められたんだ」

　書状を広げて見せる。そこには「海軍軍夫採用条件」と書かれていた。横須賀海軍建築部が機関名で、軍夫の募集要項だ。

　竜太郎は「軍夫」という見慣れない活字に目を奪われた。

「徴兵検査において甲種合格、又は第一乙種、若しくは第二乙種に合格したるものは不採用」
なんだこれは……と首を傾げる。しかも戦地に向かう軍夫には給与が支給されるとあった。そんな話は聞いたことがない。それを証明するように細かく表が組まれ、賃金表が書き込まれていた。召喚旅費、帰郷旅費などという項目まで記されている。事務職、大工職、鍛冶職、石工職、運転手、鳶人夫は現地給与として日給二円五十銭。日額手当五十銭。併せて三円が毎日支給されるとあり、現地到着の日より現地発の前日までと期間も定められていた。

この額がどれほどのものか。明治十九年の小学校教員の月給が五円で、三十年に昇給されたとはいえ八円だ。約束通りの賃金が支払われるとなれば、一カ月働けば九十円にもなる。教師の賃金の約二十倍である。

提出書類は履歴書、身分証明書、戸籍抄本。採用条件は横須賀海軍建築部軍夫身体検査規格に合格したる者で、思想堅実、素行善良、身元確実な者とあり、最後の項目は前科を有する者は不採用とある。奇妙なのは現地滞在日が約十カ月と区切られていることだ。戦争の終結を予測することなど出来るのか。

竜太郎は首を捻った。

「この書類はどんな経緯でお前のところに届いたんだ」

「だから、港の事務所を通じてだよ」

「海軍軍夫採用条件」は、横須賀鎮守府所管から名古屋の第三師団監督部に送られたという。監督部は大陸で戦いを繰り広げる軍部の兵站部隊として馬車馬の代用に軍夫を急遽募集することになった。地元だけの募集では間に合わないので湾岸荷役夫が多く働く清水港の港湾事務所に、助っ人欲しさに送られた書状というわけだ。

港湾荷役夫は港湾事務所とはまったく関係がない。港に入港する荷物の積み下ろしは、港湾事務所から荷役夫を仕切る組織に託される。組織とは、その場所を縄張りとする博徒で、清水港では次郎長一家が仕切っている。そのため、港湾事務所に届いた「海軍軍夫採用条件」は港湾荷役を縄張りとする次郎長一家の元へ下りてきた。

「この話は皆さんにとって、この上なく幸運です。ひと儲けしてまっとうな暮らしをしたい、一旗揚げて故郷に帰りたいと願っている諸君は応募してみてはどうですか」

「本当にこんなに貰えるずらか」

荷役夫は無宿者が多い。喉から手が出るほど日銭を欲しがる彼らには、涎が出るほどの好条件に違いない。

「大丈夫。お国からの要請ですから。名古屋はもちろん、浜松や大井川の漁師たちにも広く募集を掛けています。既にかなりの人数が集まっているそうで、早い者勝ちになりますよ」

競争意識を煽られた荷役夫たちはそわそわと落ち着かない。その場で手を挙げた者が十人を超えていたという。

沖仲士を束ねる藤吉は、詳しい経緯までは知らなかった。

「生前、次郎長親分もよく言っていたじゃねえか。お国のためになるなら骨身を惜しむな、と。だから引き受けたんだ。みてみろ、日本軍は敵艦を撃破して破竹の勢いで進軍してる。軍を支える後方支援部隊が不足しているってのに、嫌とは言えんずら」

清水次郎長は前年の六月に没している。

藤吉は三蔵のこの説明で大陸行きを決めたという。

竜太郎は怪訝な顔だった。

「お前には無理ずら」

「前科を有する者は不採用」と書かれた項に指を差した。藤吉は鉄火場で船頭や無宿者相手に壷を振っている現場に踏み込まれ、警察に幾度か現行犯逮捕された前科を持っている。

「三国の兄貴の話じゃ、帝国軍隊は人足が不足している、そんなことはかまっちゃいないから大丈夫だとさ。希望者を二十人ほど募って、責任者としてお国のために働いてきてくれれば、俺もそれで顔が立つと言われたんだ」

募集要項通り十カ月の勤務となれば、来年の五月には帰国できる。

戦場では休養日などないからその間はざっと数えて三百日の実働となる。日当で計算すると九百円近い大金を懐にする勘定だ。

「金を稼いだら、底板が厚くて海水に滑りの良い樅の木材で作った新造船を買ってやる。父ちゃんにはこれまで苦労かけたしな、その時を楽しみにしててくれ」

藤吉の視線は縁側を通り越して海岸の船置き場に向いている。

「満州ってところは果てしなく荒野が広がっているそうだ。日本が戦争で敵を蹴散らせば、その土地が日本のものになるんだと。百姓は満州に入植して、思いのままに土地を耕し、喰い物を収穫できる。俺たちの仕事は日本のため、いや、この狭ったい土地で額を寄せあって生きてる由比の百姓のためにもなるんだ」

説明を終えると、藤吉は意気揚々と帰って行った。


藤吉が大陸に向かう仲間を連れて出立の日を知らせに来たのは、応召軍人が由比を発った五日後だった。

立秋といっても夏本番、空には綿雲が浮かんでいる。

羽田家の長男の又三郎はこのとき、神棚に飾る盆花を探して寺尾山に入っていた。白い山ユリと青紫の蕾をつけた矢車菊、桃色の花を咲かせた百日草を両手に抱えて帰って来ると、玄関の前に異様な風体の男たちが立っていた。真っ先に目に留まったのは六尺（約一メートル八十センチ）に二十貫（約七十二キロ）はありそうな、団子っ鼻の巨漢だ。肩の筋肉が法被の袖を押し上げている。

「兄ちゃん、岩渕の河岸で働いてた仲間だ」

藤吉は又三郎に四人の男を紹介した。

大煙管を咥えた蟷螂《かまきり》のように痩せた男は、饅頭笠を手にしている。縞柄の合羽を着た男は背丈が高く面長で額に三角の疵跡があった。

丸髷を結った馬面の男は、汗で変色した武道の稽古着に似たものを着ている。どの顔も靴墨を塗ったように日焼して、黒眼が異様に光っていた。沖仲士のいる清水港と違って、岩渕の河岸は無宿者や博徒など有象無象の人種が集まる坩堝《るつぼ》と聞いている。野花を愛でていた又三郎の柔和な気分が、一瞬にして緊張に変わった。

「大陸に渡る日が決まったんで、豊積神社に安全祈願を兼ねて報告に来たんだ」

又三郎が棒立ちになっていると、出漁の準備をしていた竜太郎が通し庭からやって来た。千代も強《こわ》面《おもて》な男たちに恐れをなしたのだろう、竜太郎の後ろに隠れて身を縮めている。

「明後日、十一日に出発する。名古屋へ行くんだ」

藤吉が言ったところへ、金蔵が二階の隠居部屋から下りてきた。

「爺ちゃん、俺はこいつらと大陸へ向かう。総勢二十人だぜ。何が待っているかは行ってみなくちゃ分からんが、約束通りの銭を稼いでくる。みんなやる気満々だから心配はいらんよ」

「竜太郎から話は聞いた。ま、ここじゃなんだから」

金蔵に勧められて、一同は居間へ通された。千代は茶菓の仕度をするために台所に走る。

藤吉の説明はこうだ。軍夫を多数集めた第三師団監督部は混乱を未然に防ぐため、千人長、百人長、二十人長という単位で責任者を決めた。陸軍の大隊長、中隊長、小隊長に照らして組織したもので、上意下達の命令系統になっている。藤吉は二十人長に指名された。

百人長までは、藤吉のように日雇い労働者でも任命される。

日給は軍夫が三円だが、二十人長になるとその額に十銭が加算され、百人の長になると三十銭。大隊長並みの千人の長になると一円五十銭が加算される。日給で計算すると藤吉の場合、一カ月で百円近い額になる。二年分ならとてつもない額だ。

丸髷を結った馬面は、小作農ゆえに年貢に追われる野良仕事に見切りをつけ、逃げ出して来た秩父からの流れ者だった。

「大陸行きは一発逆転、家族が銀シャリを食えるくれえの田圃を買う。そのための金を稼ぐんだ。見てくりょう」

縞柄の合羽は岩渕の船頭宿の亭主だった。

「一攫千金間違いなし。無宿者や舟運の船頭を相手にする船宿じゃ儲からねえ。身延山の参拝客や旅人の旅籠に鞍替えするつもりさ」

巨漢の団子っ鼻は、鰍沢で塩の伝馬をする家に生まれたが、体力にものを言わせて舟運の船頭になった。

「東海道に汽車が開通した。富士川沿線に汽車が開通するのも遠くねえはずだ。そうなりゃ舟運は廃れる。その前にまとまった金を稼いでなにか新しいことを始めるつもりだ」

饅頭笠は舟運の津出場（舟運が荷物の積み下ろしをする船着き場）がある身延の生まれで、船大工から舟子に転身した男だった。

櫓を握って六十五年。荒波と格闘してきた金蔵は、破落戸《ごろつき》まがいの男たちを前にしても、一歩も退かない貫録を備えていた。

「おめえさんらは志を抱いて大陸に向かうんだ。行くからには、お国のために、体を張って働いてくるんだぞっ」

底光りする双眸が五人の男たちを見据えている。

巨漢の団子っ鼻が上気した顔で身を乗りだした。饅頭笠の縞柄の合羽も大きく頷く。

ところがそのとき、竜太郎の低い声が響き渡った。

「俺は反対だ」

「父ちゃん……」

「いいか、藤吉。お前らも聞け。丸腰で戦場に駆り出されるんだぞ。みすみす命を捨てに行くようなもんじゃないか。人間、何が大事かって、銭じゃない。命あっての物種だ。そうじゃないのか」

いつもは控え目な竜太郎が、金蔵に正面から異を唱える姿を、千代も又三郎も、むろん藤吉もはじめて見た。

「行ってみなきゃ分からんが、俺っちは兵隊の後ろを付いてくだけだ。どうせ勝ち戦なんだし、心配はいらんよ」

藤吉は竜太郎の不安を打ち消そうとする。

「藤吉、俺も反対だ」

又三郎も口を挟んだ。短く、きっぱりした音声である。

「お母さんも反対よ」

千代もいつになく声をあげた。

「母ちゃん……」

静寂が流れた。藤吉は後ろに並ぶ四人の仲間を見た。

誰もが口を固く結んで、決意に満ちた眼差しをしている。

藤吉は助けを求めるように金蔵を見て、ひとつ太い息を吐いた。

「人生は一度きりだ。男には決断しなければならん時がある。俺は、どんなに反対されても、大陸に渡るからな」

ゆるぎない口調は、十六歳で家を出た時と同じだ。

藤吉は立ち上がった。男たちも続いた。

言い出したら聞かない藤吉の性格を家族は知っている。

「みんな、くたばったら承知しねえぞっ」

草鞋を結んで玄関を出る男たちの背中に、金蔵が八十歳とは思えぬ張りのある声で檄を飛ばした。

「藤吉、必ず帰って来てね」

浜から吹きつける潮風が男たちをなぶり、千代の涙声は吹き飛ばされてしまった。

三

羽田金蔵は先祖代々漁師を務める家に生まれた。本陣や老舗の旅籠から鰹や鯵、太刀魚など大口の注文が入るほど腕利きの漁師で、仲間内からも一目置かれていた。五尺二寸（百五十八センチ）と体つきは並みだが、櫓を漕いで鍛えた肩の筋肉が隆々と盛りあがっている。四角い顔に濃い眉毛、強い眼光は、負けず嫌いの頑固一徹な気性を表していた。

女房のとめは、本陣の裏手に店を構える油屋の娘だ。一つ年上の金蔵と所帯を持ったのは十八のときで、長女の千代をはじめ年子で三姉妹に恵まれた。働き者のとめは三人の娘を育てながら陸番（網の手入れや漁具の点検）まで手伝う。跡取り息子が生まれないことではまわりから陰口を言われたものの、金蔵は耳を貸さなかった。

「めんこい娘を三人も生んでくれたじゃないか。それで十分だ。俺にゃ不服なんてこれっぽっちもねえよ」

漁師は海に出ると潮の流れや天候を読んで網を入れる。大漁も不漁も漁師の読みひとつで決まるわけで、博打のようなものだ。そのせいかどうか、漁師には博打好きが多い。金蔵も例に洩れず、博打好きで通っていた。

由比宿の問屋場は本陣のある岩部郷右衛門家の邸内にあった。問屋場の裏手に人足宿がある。町人が務める伝馬の労役を肩代わりして食い扶持を稼ぐ雲助（浮浪人）たちのために用意されたものだ。

人足部屋は問屋場の直営ではない。請負制度で幕府と契約を結ぶ。請負人はその区域の縄張りを仕切る侠客の親分だ。由比の宿は次郎長一家の縄張りで、部屋の仕切りは次郎長の代紋を守る地元生まれの侠客・由比の勝蔵が詰めている。雲助たちは酒と博打だけを生甲斐としている輩の集まりだ。

勝蔵を胴元として半丁賭博が開帳されていた。この賭場に出入りしていた金蔵は、あるとき張り客の八百長を見破った。以来、勝蔵は金蔵に一目置き、賭場での壺振りを任せるようになった。

博打場で賽壺を振っても、渡世人のように一家を持たない者を半稼師という。そう、若い頃の金蔵は漁師であり半稼師でもあって、博打場に出入りする漁師仲間にも睨みを利かせていた。

金蔵の硬骨漢ぶりを示す逸話には事欠かない。明治維新の頃のことだ。幕府は新政府軍に白旗を揚げ江戸城を無血開城した。居場所を失った幕臣は幕府海軍・咸臨丸で蝦夷地（北海道）を目指した。途中暴風雨に遭い、損傷した咸臨丸は修理で清水湊に緊急避難した。

清水湊には新政府軍の軍艦が碇を下ろしていた。予期せぬ敵艦来襲とばかりに、軍艦が一斉砲撃を加え、八人の幕臣が惨殺された。

海上に骸が浮かんでいた。見かねた次郎長は後始末を買って出た。

「人間死ねばみな仏、官軍も幕臣もない」

勝蔵から由比の漁師に遺体引き上げの依頼が届くと、金蔵も真っ先に舟を出した。竜太郎と孫を連れて清水湊に向かうことにしていたが、又三郎は尻込みして船に乗ろうとしなかった。

ところが十三歳になったばかりの藤吉は勇み立った。

「爺ちゃん、俺も行く」

藤吉は、海中から引き揚げた侍の頭に足を巻きつけて張り付いていた蛸を、両目を見開いて見つめていた。金蔵が蛸の足を引き剥がすと、吸盤で目玉が吸い取られてシャレコウベになっていた。

「爺ちゃん、お侍さん、なんでこんなになっちゃったの」


金蔵は漁の合間を縫って山にもよく入った。

又三郎は及び腰だったが藤吉は嬉嬉として同行した。山に入ると狐や山兎が草叢から飛び出して目の前を駆け抜ける。蛇もニョロニョロと出てきて通り道を塞ぐ。

藤吉に蝮の捕まえ方を教えたのも金蔵だった。他の蛇と違って蝮の胴体は短いが、凶暴で戦闘的だ。しかも逃げない。

「爺ちゃん、噛みつかれたら死んじゃうよ」

「お前は黙って見ておれ」

蝮は威圧するように赤い舌をチロっと出した。金蔵は鎌首を正面に見据え、とぐろと反対側にゆっくりと体を移動させる。蝮はまだ動かない。金蔵は茶褐色の鱗の首根っこに、怯むことなく右手を伸ばした。二本の指で摑む。

「蛇のとぐろってのは、胴体の弾力を使って敵に飛びつくための攻撃姿勢だ。とぐろの逆側方向に回れば攻撃されねえ」

金蔵は捕まえた蝮を網袋に仕舞い、切株に腰を下ろして懐から煙草を取り出した。葉煙草を詰め、火を点けて紫煙を吐き出す。

「動物の動きはみんな一緒だ。生きものは必ず雄と雌とが番《つがい》で行動する。よーく見てろ」

真上に昇った太陽が容赦なく光を浴びせる。藤吉は噴き出す汗を拭いながら、祖父の口から青空へ立ち昇る煙を眺めていた。

そのときだ、草叢を掻き分けて一匹の蝮が姿を現した。

「ほら見ろ。居なくなった相方を探しに来たんだ」

金蔵はひょいと蝮の首根っこを摑んだ。

「活きのいい蝮は、町の漢方医に持って行けば高価に売れるぞ」

それからというもの、藤吉は蝮獲りに夢中になった。

藤吉は金蔵の背中を見て育った。

実際、藤吉の気性は、父の竜太郎より祖父の金蔵に似ていた。

十五歳になると、藤吉は漁船に乗るようになった。

金蔵が船頭を務める船は手漕ぎの木造船で、船頭の他に四人の乗り子（漕ぎ手）を乗せて沖に出る。

鰺や鯖漁は夕方に出漁し、朝方まで漁を続ける。

　由比浦の海は太刀魚、鰺、鯖、キスなどが獲れる。漁獲物は船主と乗り子で取り決め通り分配する。船主の取り分が四割で、残りを乗り子たちが等分に分けることになっていた。浜に上がった魚を分ける段になると、乗り子たちの目が血走ってくる。

「親子で海に出たって獲れる魚の量なんて知れてる。別の食い扶持を見つけなきゃ、共倒れになるのを待っているようなもんずら」

　藤吉は醒めた顔で言い放った。

　小さいころから徒党を組むことを嫌っている。

「爺ちゃん、俺に漁師の暮らしは合わないや」

　陸番で漁に出る支度をしているときだ。

「我慢も大事だぞ」

　金蔵は諭したが、藤吉が漁師に馴染めないことを見抜いていた。

　自分も漁師だけでは満足できず、博打にのめり込んだ過去がある。

「どこへ行こうが、何をしようが、かまわん。ただ、お天道さんに顔向けできんことだけはするんじゃないぞ」

　一方、竜太郎はなぜ息子が出て行こうとしているのか理解できなかった。それでも結局押し切られてしまったのは、婿の分際で金蔵に盾突くわけにはいかなかったからだ。

「富士川舟運は船がすげえ増えたんだと。岩渕の河岸に行きゃあ仕事は見つかるってさ。俺は岩渕へ行くよ」

家を出た藤吉は十六歳だった。誰にも見送られることなく早朝、背嚢を背中に家を出た。向かった先は富士川舟運の終着点となる河岸、岩渕だ。富士川舟運は山梨県の鰍沢河岸と駿河湾の河口にある岩渕河岸の間を往来する。徳川家康の命によって開かれた水運だ。以来、江戸の食生活の片翼を担う物流の動脈として、貴重な役割を担ってきた。

それまで富士川舟運で使われていた船は三百隻前後だったが、明治維新で幕府の規制が解かれると民間の参入がはじまり、八百隻から千隻と飛躍的に数が増えた。船が増えると、船頭や舟子、米俵を船から下ろす米仲士の需要が増大する。

それればかりではない。陸揚げされた米は岩渕から蒲原までの一里（約四キロ）の道のりを陸送で運ばれる。その役目は馬方だ。蒲原の浜からは千石船に積まれて清水港に運ばれ、東京、横浜へと運搬された。人手はどうあっても足りない。

岩渕に着いたその日、手配師が声を掛けてきた。河岸が見渡せる土手に腰を下ろして、手始めに何をしようかと考えていたときだ。

「米仲なら明日からでも仕事はあるぞっ」

三国三蔵だった。五歳年上の三蔵とはそれ以来の付き合いとなった。米仲士は十五貫(約六十キロ)

の米俵を船から倉庫に運ぶ荷役だ。人並みの体格をしているとはいえ藤吉は十六歳で、骨格がまだ大人になり切れていない。ただし、薪売りと蝮の捕獲で蓄えた資金を懐に入れていた。藤吉は抜け目がない。

三カ月は耐えたものの早々に見切りをつけた。

「馬を買いたいんですが、馬喰《ばくろう》に口を利いちゃあもらえませんか」

「馬を買うといったって……いくらかかると思ってるんだ」

「いくらあれば買えるんですか」

「うーん、取り敢えず四両、いや五両ってとこかな」

「だったら買えますよ」

藤吉は腹掛けの紐を解いて巾着を出した。

「ど、どうしたんだ、こんな銭……なんでおめえが……」

三蔵の右目の上にある黒子が動いた。眼が三角になる。

「山に入って切り出した薪を、旅籠を回って売り捌いたんでさ。薪は一把二文（約三十円）にしかならんけど、蛇が出れば御の字で、捕まえて町の漢方医のところに持って行く。そうすりゃあ蝮はいい値段で売れる。その儲けを貯めておいたんです」

「蛇を獲って商売にしたっていうのかい」

「へい、そういうことで」

三蔵はそれ以上何も言わなかった。

藤吉は馬方となった。舟運の手配師も兼ねている三蔵にとって、藤吉は使い勝手がいい。舟運は、船頭と三人の舟子がいなければ、舟を出すことができないからだ。

「舟子が流行り病に罹っちまった。このままじゃ船が出せねえ」

そんなとき三蔵は藤吉に舟子の代わりをさせる。三蔵と藤吉の間柄は持ちつ持たれつ。鰍沢までの上り荷は通常三泊四日で、川の水量によって余計に日数を要することもあるきつい仕事だが、三蔵の申し出となれば断れない。

そんな合間に、愛馬を曳いて由比の実家に顔を出した。あるときは突然、女房の民子を連れて行った。そのたびに、家族は皆、呆気に取られるばかり。

「舟運も手伝ってるんだ。そのうち舟を手に入れて船頭をやってみようと思って。船主になるのも悪かねえずら」

大風呂敷のようにも聞こえるが、子供のころから藤吉は突拍子もないことを平然とやってのけたものだった。

誰もがそのことを承知していたものの……。さすがに軍夫になると宣言されたときは、身勝手な我が子に半ば匙を投げていた竜太郎でさえ、顔色を変えた。

四

「偉そうな口を利いとったが……藤吉のやつ、無事でいようか」

竜太郎は不安を打ち消すため、悪天候で漁に出ない日は必ず役場に通った。待合所に全国紙と地元の『静岡民友新聞』が置かれていると知っていたからだ。

それは、藤吉が出発して五日後の『東京毎朝新聞』だった。

「軍夫募集のかなりの部分を名古屋港で働く沖仲士を組織する民間請負業者に委ねている。民間請負業と言えば聞こえはいいが、名古屋港の湾岸荷役を請け負う博徒の組織で、市内近郊で無宿者を束ねる博徒の組織も参加して人集めに奔走している」

藤吉の言っていた通りだった。

監督部の募集要項の条件は「一日およそ十二時間十貫目（約四十キロ）の物品を負担して行動し得る者」とあるが、員数合わせに走る請負業者は、実戦では役に立ちそうもない腰の曲がった老いぼれや酒で体を壊している無宿者まで手当たり次第に集められていると、記事は第三師団監督部を正面から非難していた。

目を覆いたくなるようなものさえあった。

「人夫宿に集まった軍夫たちは、仲間同士で博打を打つは口喧嘩をするは、道路を裸で往来する者さえいる。巡査が止めに入ると大挙して囃したて、数十名が湯屋へ押しかけて女湯へ入り騒ぎ立てる。警察官も取締りが出来ずに持て余している」

遼東半島と山東半島に上陸した第一、第二師団は、軍夫の曳く大八車千四百両ずつを持ち込んで輸送力を補った。冬季の中国を目指した第二師団の軍夫は、紺の袷《あわせ》（裏地の付いた着物）と法被と股引、それに鳥打ち帽と防寒に注意していた。さらに冬季の行動には藁靴、紙子、綿入れの半纏、股引、下着、綿入れ頭巾が用意される。

一方、第三師団に所属する由比の応召軍人は、第一軍として清国軍を追って北上し、九月十五日平壌を総攻撃し陥落させた。九月十七日には清国北洋艦と黄海で激しい砲撃の応酬で五時間の戦闘の末敵艦二艘を撃沈して止めを刺した。

平壌突入の官報が由比町役場に届いた。早速、豊積神社の社務所に応召軍人の家族を招き、祝宴が催された。その夜は、家々の軒に提灯がともされ、国旗が掲げられた。若者たちは徒党を組んで夜更けまで町内を練り歩いた。夜中になっても軍歌と万歳の声は途絶えることがなかった。

「寺尾の清作は、体がでっかいから先頭に立って突撃してらぁよ」

「俺んとこの隣の徳松は、生まれてこのかた入山を一歩も出たことがねえんだぞ。鍬と鉈しか持ったことのねえもんが敵兵目がけて鉄砲を撃てるとは思えんずら」

そんな会話がそこここから聞こえてくる。

「水を差すようなことを言うなって。ラジオが教えてくれるじゃんか。勝ったと信じて応援するのが日本国民の義務ちゅうもんずら」

十一月も残りわずかとなったその日、第一師団の属する第二軍が遼東半島へ上陸したと知らせが入った。第三師団が属する第一軍は国境を越え大陸の奥深くに進軍していた。

由比の町はどこもかしこも戦争の話題で盛り上がっている。

金蔵も竜太郎も千代も、朝起きると決まって神棚の前に座って両手を合わせた。

「藤吉は大金を稼いで帰れるずらか」

「なぁに、俺の血を引いてるんだ、心配はいらん」

「そんなことより、無事でいてくれればいいんだけど……」

ラジオから流れる進軍ラッパを聞くたびに、千代は眉を曇らせる。女房の顔を見るたびに、竜太郎も不安が募った。

年が明けた一月末から、何回かに分けて、戦場の様子が従軍記事として紙面に載った。

「わずか十名の部隊が敗残兵二百余名を捕虜にした。連隊長に引き渡し、銃器二百余、馬七頭のみを戦利品として持ち帰った」

「朝鮮の民家は便所がなく入浴習慣もなく不潔だ。日本の軍人も水不足で入浴ができず、毎食の副菜も梅干二つのみである。困苦欠乏で体調も悪いが、奪った豚を料理して凱旋の日を心待ちしている」

戦場は過酷な状況に置かれているらしい。新聞を閉じて役場を後にする竜太郎は、水平線まで続く冬の漆黒の海の色が不吉な予感の知らせのように思え、いつも決まって目を逸らせた。

中でも背筋に悪寒を覚えたのは次の記事だ。

「起伏の激しい未整備の雪道では、軍夫が引く大八車が唯一の輸送手段である弾薬輸送を優先したので、前線では食料と燃料が不足した。前線と糧食を運ぶ隊列が二里（約八キロ）も離れてしまい、水不足も深刻で白米の炊飯にも苦労している」

戦場から藤吉の便りが届くことはなかった。なんの知らせも無いことは、与えられた労役を無事に遂行しているからか。無理にもそう思うことで、竜太郎も千代も不安を打ち消している。

「あいつはまったく、誰に似たのか……」

「爺ちゃん、って言いたいだろうけど、あたしは案外、あんたに似ているような気がしますよ」

まさかと思いつつ、竜太郎は苦笑した。

竜太郎は島田宿の生まれで、父親と弟の三人で大井川の〝川越人足〟として働いていた。五尺五寸の身丈に十五貫目（約五十五キロ）と堂々たる体格で、十六歳にして一人前の川越人足になっていた。ところが六人で連台を担いでいたとき、川底の丸石に足を滑らせ、足首を捻ってしまった。翌朝、患部が熟れた桃のように膨らんでいた。母親は仕事を休むように勧めたが、竜太郎は母親の着物の紐で腫れた足首をぐるぐる巻きにして、翌日も仕事に出た。

これが、川越人足を続ける上では、命取りとなってしまった。

再び足首を痛めた。歩行に支障はきたさないが、肩に重量を背負うと耐えられない。職を解かれて悶々としていたところへ持ち込まれたのが養子縁組だった。仲人は岩渕から島田までの問屋場を健脚で走る飛脚の半兵衛だ。島田宿の問屋場で川越人足を束ねていた竜太郎の父親とは、よく顔を合わせる仲だった。

「無高（土地のない移民）じゃ百姓をしようにも無理ずら。船持ちの娘との縁談なら反対する理由もないはずだ」

「しかし、なんで倅を……。足のことは知ってるのか」

「先方の親爺は金蔵といって、頑固者だが働き者だ。怠け者を毛嫌いしてる。竜太郎は痛む足を隠して働いた。その話をしたら、竜太郎の一本気に惹かれたようずら。足が多少不自由でも船の上なら問題ない。漁師なら務まると」

話はとんとん拍子でまとまった。

竜太郎二十一歳、千代十八歳の春に、二人は所帯を持った。

竜太郎は時間を見つけては固まった足を自分で揉み解し、半年もすると傍目には足の不自由を感じさせなくなっていた。

竜太郎が金蔵に頭が上がらないのは、婿養子というだけでなく、自分の長所を認めて受け入れてくれた恩人でもあったからだ。

藤吉が大陸に渡ってから五カ月が過ぎた十二月二十日のことだ。

この夜も竜太郎は、又三郎の他、乗り子を伴って漁に出る準備を進めていた。漁は夜間に限られている。陽の高い時刻に船を出すと、船影が水中に映って魚が逃げてしまう。夜間の漁は魚が明かりに向かって集まってくる習性を利用して、船上で漁火を焚く。漁火は、脂気が多く強い炎が燃え盛る赤松を天日干しにした松明が使われる

「今年も残すところ僅かだ。この由比浦じゃ、魚を獲る以外はろくな仕事がねえんだから、豊漁が続いてくれなきゃ年も越せねえよな」

海を眺めながら、平八は虎五郎に相槌を求めた。

「戦争に勝ったら、漁師なんか止めて、大陸へ渡って百姓でもしりゃあいいずら」

虎五郎は節くれ立った指で鬚面を撫ぜまわしている。

「俺はいやだね。ご先祖様から受け継いだ仕事をやめる気なんかこれっぽっちもねえや」

「そんなに尖がるなよ、冗談さ」

二人の会話を耳にしながら竜太郎は船を出した。

乗り子の漕ぐ船が陽の沈んだ暗い海を沖合の漁場に向かう。

漁は手漕ぎの四人《よったり》引き（乗組員各四〜五人）で、二隻が一カ統《いっかとう》となって網を入れる。「羽田丸」は竜太郎が船頭で、もう一隻の「富士山丸」は三男の市松が養子縁組した先の船だ。こちらの船頭は市松である。今宿の漁師の漁場（漁業権）は海岸より約二十町（約二千百八十メートル）の沖合からで、この夜も今宿の六カ統の船団が漁場に向かっていた。

「今夜は、この辺でやってみるか」

漁師は長年の経験と勘を頼りに、浜からの距離と海底の深さを推測して船を停める。

竜太郎と市松は、互いの位置を計算しながら、網の入れやすい場所まで船を移動させた。互いに十五間（約二十七メートル）ほどの距離を確保して、潮の流れを読みながら網が絡まないように沈める。

魚を追い込む袋の部分を船の移動で膨らませようとしたときだ。網に繋いであるはずのカンタ（浮樽）が月夜で光る海面を揺れながら遠ざかって行くのが見えた。網から外れてしまったようだ。

「そんな馬鹿な……」

竜太郎は大きく舌打ちした。

「あいつ、カンタを結ぶのを忘れてたんじゃ……」

隣に立つ又三郎に苛立ちをぶつけた。

「いや、市松のことだ。抜かりはねえずら」

カンタは糸の切れた凧のようだ。揺れながら遠ざかって行く。

竜太郎は市松の船に近づけた。波が船の横腹を叩く。

「お前、カンタをちゃんと結んだのかっ」

怒鳴り声になっていた。

「結んださ、間違いないよ」

「あれ見ろっ」

乗り子たちは親子の掛け合いを固唾を呑んで見守っている。

月明りが海面を照らして斑に光っていた。

「網が沈んじゃったら、魚なんか獲れねえぞっ」

カンタが視界から消えた。

「力いっぱい結んだんだけどなぁ」

「今さらそんなことを言ってもしょうがねえや。網が絡まらないように引き揚げるぞ」

「うん、分かった」

市松は凍えた両手に息を吹きかけた。

所定の位置に戻った市松の船に、竜太郎が合図を送ると、乗り子の持つ櫓が一斉に潮の流れと逆方向に向かって動き始めた。

三十間ほど進んだところで船を停める。二隻の船に乗る漁師たちが胴の間（船の中央部分）とトモ（最後部）に分かれて移動した。

両足を踏ん張り、全身の力を籠めて網を引き上げる。

「おかしいなぁ」

呟いたのは竜太郎だ。鯵や鰹を狙って入れた網は、深く沈み過ぎると獲物が入らない。ところがこれまで経験したことのない重量感が両手に伝わってくる。市松の船の乗り子の梅吉も、体を弓のように反らせて網を引いている。

「妙ずら、重てえな。鱶《ふか》かイルカでも入ったんかね」

「おーい、父ちゃん、何か入っているようだよ」

闇の向こうから市松の動転する声が聞こえてきた。

「なんだよ、この重さは」

「こっちもだ。ま、とにかく引き揚げてからだ」

竜太郎が怒鳴り返した。

四人引きの全員が両腕で網を抱え込むように引いている。

網の先端部分の袋網が波間に見えた。黒い塊が蠢《うごめ》いていた。

「ようし、もう少しだ」

陸から吹きつける山背が強烈な寒さを伴って襲う。漁師にとってこの寒さは曲者だ。寒さを堪えて足を踏ん張る。寒さとは裏腹に背中に汗が浮かぶ。

揚げて見ると、網に入った黒い塊は小エビだった。鯵や鯖漁のときでも多少の小エビは網に入っていたが、こんなに大漁は初めてだ。跳ね躍る小エビを桶に移した。五センチほどの赤いエビを掌に載せ、竜太郎は首を傾げた。

「なんでこんなに掛かったんずら」

「試しだ、もう一回網を入れてみるか」

「うん、市松、もう一度入れてみようぜ」

二度目に入れた網も同じ重量感が網綱を通じて掌に伝わってきた。網の中で再び小エビが暴れている。今度は市松の船の桶にエビを入れた。八回入れた網で二隻の船に積まれた桶が満杯となり、小エビは舟床にも溢れて跳ねている。

沖合には遼船の漁火が幾つも並んで揺れていた。

陸揚げしたエビの詰まった桶を、竜太郎は不思議そうに眺める。

「父ちゃん、エビばかりどうするんだ」

「うん、まあ何とかせんとな」

「ごめん。俺がしくじったばかりに」

市松が体を縮めて頭を下げた。

「いや、待てよ。お前のおかげで、ひょっとしたらひょっとするぞ」

「ひょっとするって……」

「まあ、見てろ」

市松は驚いた。大目玉を喰らう覚悟だったのだ。

漁を終えると、乗り子たちは網元の家で労いの食事を馳走になる。〝沖あがり〟と呼ばれる食事会だ。千代の手料理と熱燗をたっぷり腹に収めた乗り子たちに、竜太郎が言った。

「明日もカンタを外して網を入れてみようと思うんだ。結果がどうなるか分からんし、小エビのことはまだ外には漏らさんでくれ」

翌日の漁でもカンタを外して網を入れた。網が波間に沈んでゆく。

竜太郎は仁王立ちになって網を沈めた方向を見つめていた。

月夜の晩は銀紙を撒き散らしたように海面が輝いて見える。

時間を見計らって、竜太郎は低い声で命じた。

「引き揚げるぞ」

重量感のある引きか、空っぽの網か、竜太郎は胸の中で祈るように呟いた。由比の今後は、この網の重たさに賭かっている。

「親方っ、昨日と同じだっ」

一番前で網を引く梅吉の声は力強い。

両腕に伝わる感触は確かに重たかった。網の先端の袋の部分が海面に浮かびあがる。昨晩と同じ塊が蠢いていた。梅吉が網に手を入れ、小エビを掌に載せた。漁火に照らされたエビが赤く光っている。

「こりゃ、昨日のと一緒ですね」

八回の網入れで双方の船の喫水線がいつもより一尺深く沈んでいる。沖あがりに勢揃いした乗り子たちの顔も弾んでいた。

「お父さん、今日は一本余分にお酒を用意しておきましたから」

千代もこぼれんばかりの笑顔で、乗り子たちの湯呑茶碗に酒を注いで回った。竜太郎は床の間の神棚の茶碗にも酒を供えた。

両手を合わせて頭を下げる。

「売れてみないと分からんが、市松、こいつはお前の手柄だぞ」

市松の顔が喜びでくしゃくしゃに崩れた。


元日の朝。由比の住民は老人も子供も綺麗に洗い清めた衣服に袖を通して、駿河湾から昇る初日を拝むために海岸へ集まる。

新調した紺絣の着物に兵児帯姿の虎五郎も、鬚を剃り落としてこざっぱりした顔でやって来た。

「暮れに、おみゃあの船が何日か妙な動きをしていたなぁ」

疑いの目で竜太郎に探りを入れてきた。

「ああ、お宝を見つけたんだ」

竜太郎は動ずる風もなく、光り輝く水平線に目を向けた。

「なんだ、そりゃ」

「だから宝さ、宝物だよ」

「ほぅ、婿殿が、海で宝を見つけたってか」

虎五郎の見下した物言いは昨今はじまったことではなかった。

余所者扱いは日常茶飯事だ。羽田家に婿入りして四十四年経っているというのに、大井川生まれの婿という立場から、竜太郎はいまだに余所者扱いされることがあった。

いつもはじっと受け流す。だが新年を迎えたこの日は違っていた。

「今年は、由比の町が以前のように活気づくかもしれんぞ」

虎五郎は怪訝な顔をしている。

「獲りきれないほどの小エビが揚がるとこを見つけたんだ」

「小エビなんか、いくら獲ったって売れねえずら」

小馬鹿にした口調は変わらない。

「それがな、甲州の宿場町に持ち込めば引く手数多さ」

「まさか……笑わせるな」

「結束して皆で小エビを穫ろうと思うんだが、信用しねえやつは好きにするさ」

竜太郎は背中を向けた。

「お、おい、待ってくれ。その話、本当か」

内房の山奥から薪を売りに来て、帰りに竜太郎の船で上がった海産物を仕入れて商売する源造というイサバ商人がいる。源造は甲州路の身延山への参道にある万沢、南部の宿場町まで足を延ばしている。暮れに顔を見せた源造に獲れたての小エビを預けたところ、万沢の旅籠の女将連中が大喜びで、渡した分があっと言う間に捌けたという報告を竜太郎は聞いていた。

イサバとは磯辺が転じたものだ。江戸時代から海産物や塩物などを扱う商人を指した呼び名で行商、仲買人、市場、水産物を輸送する小廻船などまで含まれている。

「エビを持ち込めばいくらでも売れる。となりゃ宝ずら」

「ま、待てっ。面白そうだな」

「あんた顔役だから、みんなをまとめてくれ。どうだ、やるか」

「おぅ、乗ったぜ」

虎五郎の動きは素早かった。翌日の昼、羽田宅に漁師が集まった。

「正月早々、儲け話を聞けるっちゅうから来たんだ」

昼酒で顔を赤らめた平八が先頭に立っていた。

「網を入れりゃ、小エビがいくらでも獲れるんだ」

竜太郎が漁師仲間の前で胸を張った。

「なら、さっそく船を出して実地操業だ」

初漁となるその夜の漁には、今宿の鰺船曳網六カ統の全員が参加した。竜太郎と市松が船長を務める二隻がカンタを外した網を入れ、他の船が二隻を囲んで様子を窺っている。

引き揚げた網に小エビが黒い塊となって蠢いていた。

「本当だっ、すげぇなぁ」

三回入れた網には三回とも、溢れんばかりの小エビが躍っていた。

揺れる船に仁王立ちになった漁師たちから歓声が上がった。

「仰天したぜ。網を深く入れるだけで獲れるんだ」

肩を叩き合い、笑いながら、漁師たちは弾む足取りで浜に上がる。

その光景を眺めていた金蔵は、深々とため息をついた。

「あと半年早く、このエビが見つかっていたらなぁ」

藤吉も、ここでこんなふうに自分を賭ける働き場があったら、大陸に渡る決断はしなかったはずだ。せせこましい農耕地と、小さな船があるとはいえ細々と漁業に頼る暮らしでは、藤吉に出る幕はない。だが、もし、小エビという新たな夢が生まれていたら……。

五

師走のある朝のこと。肌を刺すような冷たい風が、寺尾山を越えて由比の浜に吹きつけている。

羽田家の玄関の戸が叩かれた。千代が格子戸を開けると、綿入れの羽織を着た安西久之助が白い息を吐き、両手を摺り合わせながら立っていた。

「藤吉のやつ、清水港で沖仲の手配師をしてるって聞いてたけど、なんでえ、鰍沢でイサバをしてやがる。どんな風の吹き廻しずら」

久之助は又三郎の同級生だ。安西家は代々、由比浦で上がる海産物の仲買人をしているイサバで、岩渕の河岸から舟運で甲州路に魚を運ぶ業者でもある。

「えっ、今、何てった？」

千代は目を瞠った。

「おたくの藤吉が鰍沢にいたっけよ。妙ずらよぉ……。で、ちょっくら聞いてみようかと思ったんだ」

「藤吉が鰍沢に……。人違いずら」

「あれ、知らねえの……」

千代はそれ以上聞く間を惜しんで通し庭を走り抜けた。

浜で陸番をしている竜太郎の手を引っぱって連れてきた。

「藤吉が、鰍沢にっ」

竜太郎も息を切らしている。

「会ったのか、藤吉にっ」

「そうか、あいつは家族にも内緒で鰍沢に行ったのか」

久之助は眉根を寄せる。

「どうしてこんなとこに居るんだと聞いたんだが、顔を背けて答えなかった。大漁の小エビが鰍沢に運ばれる。これに食い付けばいい商売になる。抜け目のない藤吉らしいや」

由比で揚がる小エビは〝桜エビ〟と命名されて出荷されると、引く手数多の人気を集めるようになった。

「あいつは桜エビを売ってるのか」

「ああ、鰍沢の古参のイサバと組んで、夫婦で桜エビや干物を商ってる。甲州街道の韮崎や甲府方面にも売り歩いているそうだぞ」

「女房も一緒に……」

「そうだよ。民ちゃんはあの年で、まだ子無しだっけね」

「ああ、まだ子供はいねえ、はずだが」

藤吉が一攫千金を狙って軍夫になり大陸へ渡ったことは、家族以外に知る者はいない。これ以上、家の内情を知られたくなかった。

竜太郎は久之助に礼を言って玄関の戸を閉めた。

「良かった良かった。藤吉は生きてたんだね」

興奮のあまり、千代が竜太郎に抱きつく。

「ああ。まさか、あいつが生きてたとはなぁ……」

竜太郎も千代を抱きしめた。

「あんた、直ぐ迎えに行って」

「いや、行かん」

竜太郎は体を離して、女房の涙を溜めた双眸を見据えた。

「どうしてっ。どうして行かんの、息子が生きて帰ったってのに。ねぇ、あんた……」

竜太郎は答えなかった。通し庭の向こうに広がる海原に目を向ける。その背中が強張っていた。

「帰ってたんなら、何故報告に来ないんだ。真っ先に親に知らせるのが当然ずら」

「あの子はあの子なりに、思うとこがあったんじゃないのかい。きっと、なにか事情が……」

「とにかく俺は許せん。家族がどれだけ心配してたか。そんなことも分からん子に育てたつもりはない。いいか千代、爺ちゃんにはこのこと、黙ってろよ」

「どうして……」

「いいから、黙ってるんだっ」

その夜、竜太郎は市松の船を従えて漁に出た。

暮れを前にした桜エビ漁は連日大漁で、浜は沸き返っていた。

今では誰も竜太郎を「婿殿」と軽んじる者はいない。

一方、八十一歳になる金蔵は、夏風邪をこじらせた頃からめっきり体力が衰え、今や立ち上がることさえ難儀になっていた。

千代は看病に専念している。老父の病みやつれた顔を見るたびに、あれほど元気だった金蔵が一気に衰弱してしまったのは藤吉の行方が知れないせいではないかと胸を痛めていた。孫の戦死に気力が萎えてしまったのではないか……と。

だからこそ、藤吉が生きていることを知らせてやりたかった。

が、知らせるなと言った竜太郎の気持ちも分からないではない。

応援してやったのに無事に帰ったことを知らせなかった藤吉を金蔵はなんと思うか。かえって悲しませることになるかもしれない。

金蔵は藤吉の名を口にしなかった。藤吉の話題が出ても、決して話に加わろうとはしなかった。それは、忘れることのできない悔恨に封をして、心の平安を保とうとしているようにも見える。

ところが数日後、千代は金蔵の呻き声を耳にした。

「俺だ……あいつを行かせたのは。みんな反対したのによぉ……」

うなされているのか、悪い夢を見ているのか。眉間に皺を刻み、額に脂汗を滲ませて、金蔵は苦し気に悶えている。千代は、手がつけられていない粥の盆をそっと取り上げ、病床を出た。

すると土間の暗がりに、竜太郎が棒立ちになっていた。

「あんた……」

竜太郎も苦渋の色を浮かべている。

「ねえ、あんた。あんたの気持ちは分かるけど、爺ちゃんにひと目でいいから藤吉を……。あたしだって爺ちゃんの喜ぶ顔が見たいんだよ。ね、お願い」

千代の目に涙が溢れる。

「分かった」と、竜太郎は頷いた。

「明日の朝、一番で鰍沢に行って来る」

「あんたっ。ああ、良かったっ。それから、藤吉に会っても……」

「分かってる。叱りゃしないさ」

竜太郎は顔を背けた。涙を見せまいとしたのか。

奥の間からはもう金蔵の鼾が聞こえていた。

岩渕から鰍沢までは十八里（約七十二キロ）の道のりだ。舟運の下り荷は六百貫（約二千二百五十キロ）を積むが、上り荷は半分の三百貫だ。三人の舟子と船頭の四人で引き上げる高瀬舟は川の水量によって変わり三泊四日から四泊五日は時間を要する。

竜太郎は徒歩で鰍沢に向かった。船頭で鍛えた足腰は健在である。

鰍沢には三つの河岸（鰍沢、青柳、黒沢）が別々にある。これらの河岸は岩渕から運ばれた物資の到着点であり、甲州、信州から送る物資の発送拠点でもあった。鰍沢の河岸は、富士川に沿って続く富士川街道と、富士川に流れ込む支流の南川に架かる橋を中心として拓けている。

鰍沢と岩渕との間に置かれている各地の津出場には、由比浦から送られる荷物を受け取るため、イサバ商人たちの逗留小屋が並んでいた。その場所は河岸の関係者に聞けば教えてくれると、竜太郎は久之助から聞いていた。

千代にはああ言ったものの、竜太郎は初めのうち、何の音沙汰も寄越さなかった藤吉に腹を立てていた。

「なんてえ野郎だっ。あの馬鹿野郎がっ」

道中、富士川の水面に向かって何度も怒りをぶつけた。往来する通行人が怪訝な顔で振り返る。

身延の宿で一泊した。枕を並べた同宿者が身内の不甲斐なさを嘆いたり、反対に自慢したりするのを竜太郎は黙って聞いていた。

「おたくは、なんで鰍沢まで？」

「倅が商売してるもんで、家にゃあ寄りつかねぇんでさ」

「どこにいようが、達者でいるだけで親孝行だ。俺の倅は戦死しちまった。ここいらの若い衆は、大陸なら儲かるなんぞと美味いことを言われて、ごっそりかき集められてよ、だあれも帰っちゃ来ねぇ」

「倅さんが……」

「ひでぇ話じゃねえか。軍夫と言ゃあ勇ましいが、へん、牛馬とおんなしだ。用無しになりゃ棄てられる」

竜太郎はどきりとした。眼裏に、笑うと愛嬌のある藤吉の顔が浮かぶ。その顔が一気に歪んだ。無事に帰国したのに家にも寄らず、どんな気持ちで鰍沢に向かったのか。万事が計画通りの帰国なら、藤吉と一緒に顔を見せた丸髷を結った馬面も、巨漢の団子っ鼻も、縞柄の合羽を着た男も、意気揚々と凱旋帰国の挨拶に来たはずだ。

皆、死んでしまったのだろう。

「そうか、そうだったのか……」

大陸の露として消えた仲間たちを思えば、藤吉は自分だけがぬくぬくと我が家に帰ることなどできなかった。そうに違いない。

辛くて苦しくて、藤吉は家族の顔が見られなかったのだ。

そう思うと、竜太郎は息子が堪らなく不憫に思えてきた。

鰍沢に着いたときには夕暮れが迫っていた。

船に積み込む荷物の勘定をしていた法被姿の男にたずねた。

「ああ。由比浦のイサバの詰め所はあそこだが、この時間じゃまだ帰ってねえずら」

イサバは、荷を背負って得意先回りに出かければ、用意した荷を売り終えるまでは帰らないという。杉の皮で葺いた屋根の二間四方の玩具のような小屋は南川の橋の袂にあった。格子戸の入り口は錠で締められている。壁際に竹で編んだ駕籠が積まれていた。エビや魚を詰めた駕籠だ。壁板が西日に照らされている。

山の稜線に目を向けた。冠雪が西日に照らされて光っている。

吹き下ろす北風は、由比浦では味わったことのない寒さで竜太郎の肌をちくちくと刺した。

しばらくじっと佇んでいると、背中で聞き慣れた声がした。

「生のエビがこんなに喜ばれるなんてね」

「甲州の人っちは干物の魚しか口にできんから、珍しいずら」

竜太郎は振り返った。やはり、そうだ。背負い子を肩にした藤吉と民子の姿があった。

「藤吉……」

藤吉は、一歩後ずさって立ち止まった。

「父ちゃん、どうして……」

民子も声を失って立ち尽くしている。

「ごめん。こんなつもりじゃなかったんだ」

藤吉はいきなり跪《ひざまず》き、地べたに額をすりつけた。

「いつのまにか、仲間がちりじりになっちまって……。帰国船の出る港で待ってたが、誰も戻ってこなかったんだ」

竜太郎は、地べたにすりつけた藤吉の右手の人差指と中指の第二関節から先が無いことに気付いた。体もひとまわり痩せて小さく見えた。過酷な行軍をその指が物語っている。言葉が出なかった。

顔を上げようとしない藤吉の肩に、竜太郎は掌を置いた。

「詫びることはない。負い目を感じることもない。みんな、自分から志願したんだ」

「けど、俺が誘った……」

藤吉は肩を震わせている。涙が指の欠けた手の甲を濡らした。

「みんな心配してたぞ。だが一番悔しいのはお前だろう。いいか、藤吉、やるだけやったんだ。もう忘れろ」

民子も藤吉の傍らに跪いた。

「お父さん、有難うございます」

西の空が夕陽に染まり、鴉《からす》の群れが三人の頭上を飛んでいる。

「お前がいない僅か一年の間に、由比浦は大きく変わった。神様が宝物を届けてくれたんだ」

「宝物……あ、桜エビか。父ちゃん、俺は桜エビを売ってる。父ちゃんや爺ちゃんの桜エビを……」

その夜、竜太郎はイサバ小屋で民子の手料理に舌鼓を打った。

酒を酌み交わし、藤吉の大陸での体験談に耳を傾ける。それはあまりに悲惨なものだった。進軍を続けるうちに、正規軍も軍夫も常軌を逸する行動を取りはじめた。

「俺は途中から分からなくなった。現地の兵隊でもないもんをどうしてあんなに残虐に殺せるのか。父ちゃん、女も子供も赤子まで、容赦なしに殺すようになったんだ……」

逆らえばビンタを喰らわされた。寒風に鼻が千切れそうだった。

水筒に入った水は氷結して飲めない。軍夫にも冬用の頭巾、綿入れの法被、厚手のズボン下、厚手の足袋を支給されたが、そんなもので凌げる寒さではなかった。

「とにかく寒かった。砲弾や食料を積んだ大八車を引っ張る手も凍り付きそうで、手を擦って息を吹きかけて……それでも凍傷に罹り、赤く腫れあがる」

行軍で仲間は雪原に倒れた。誰も助ける者はいなかった。

藤吉は手指だけでなく、右足の小指も凍傷で失っていた。

「お国のため、戦争勝利のため、なんて勇んで出かけたけど、とんでもなかった。ただ人と人との殺し合いだけで、俺は……俺は……」

藤吉は濁り酒を一気に飲み干した。

竜太郎は言葉もなく見つめている。

翌朝、三人は舟運の下り荷を積んだ船に同乗した。

六時間で岩渕に到着する。

藤吉が我が家の敷居を跨いだのは一年五カ月ぶりだった。

奇しくも一年前、竜太郎が桜エビを発見したその日である。

「藤吉、なんでもっと早く連絡をくれなかったの」

待ちわびていた千代は、涙でぬれた顔で藤吉に抱きついた。

「爺ちゃんはっ」

千代は首を横に振り、黙って奥の間に目をやる。

「爺ちゃんっ、爺ちゃんっ、なんでだ爺ちゃん……」

藤吉は草鞋を脱ぎ飛ばして駆けあがった。

藤吉は、布団の中で浜に打ち上げられた魚の骨のように白くなった金蔵の頬に、自分の頬をすりつけた。

「爺ちゃん、心配かけてごめんな。これからは由比浦のために、桜エビを売って売って売りまくるから、勘弁してくりょう」

布団越しに痩せ衰えた体を抱きしめた。

金蔵が事切れたのは、昨日の夜更けだったという。ひとつだけ救いだったのは、千代が臨終間際の金蔵に、藤吉が生きていると知らせたことだ。

「桜エビの行商をしてるって教えたら、爺ちゃん、嬉しそうに、頷いて……」

夕刻、竜太郎は藤吉を誘って浜に出た。

桜色の敷物を敷き詰めたように、桜エビがびっしりと筵の上に干されていた。その眺めは壮観だった。

「きれいだなぁ、すげえ眺めだ」

「ああ」

「爺ちゃんも、毎日、こいつを見てたのか」

「見てた。飽きずにずっと見てた」

「馬鹿だな、俺は。どうして、もっと早く……」

「泣き言はよせ。明日は盛大な葬式をやろう」

「うん。父ちゃん……」

「なんだ？」

「……いや、なんでもない……」

話すことはもうなかった。二人はまだその場に佇んだまま、満開の芝桜の花畑と見まごう桜エビの干し場を見つめていた。

寺尾山に沈む夕陽が二人の足元に長い影をつくっている。

出漁の準備で集まってきた乗り子たちの声が、寄せては返すさざ波のようにかなたから聞こえてきた。

佳作（小説）

くり罠《わな》の夜《よる》

花房《はなぶさ》　直正《なおまさ》

03:05 PM

峠に差し掛かると、気温が変わった。閉め切ったはずの窓なのに風が沁み込み、鉄の匂いを感じた。中古で買った軽トラのヒーターは効かず、足元から寒さが這い上って来る。

松崎町で参加したジオの講演会では、ほとんど収穫はなく、聞き知っていたことをなぞるだけだった。三島市に住む娘夫婦のところに行こうと、妻に言われたのだが、一人で行かせてしまったのを後悔し始めていた。三嶋大社の桃節句祭も近いし、孫の胡桃にも会いたかった。中伊豆の家には戻らずに、このまま三島に行くことも出来た。

「春前の猪はダメさ。痩せてて美味くねえ。誰も捕らねーよ」

土産物屋の源さんの声が甦った。何度も言われたのだが、仲間内で猪を仕留めたことがないのは自分だけという焦りから、昨日、万三郎山の五ヶ所に、くくり罠を仕掛けていた。仲間には当然、妻にも黙っていた。猟が終了するのは三月だから、二月の最終週のこの時期、山に入る仲間は誰もいない。

昨夏は例年にない猛暑で、山に食い物がなく、猪や鹿による畑ものの被害が相次いだ。大量の獲物が里に下りて来ていた。解禁を迎えると仲間たちは、何頭もの猪を仕留めた。

坂がきつくなり、ギアをサードからセカンドへ下げたところで、気持ちが決まった。県道を右へ折れ、林道に入った。昨日、通ったばかりの道だが、連なる杉の巨木で暗く、何か巨大なものが飛び出して来そうな気配に、ハンドルを握る手に力が入った。何時来ても慣れない林道を、慎重に進んだ。

目印に杉の幹に縛り付けておいた赤いリボンを確認すると、半ば路肩の崖に乗り上げるように、軽トラを停めた。ここからは杣道《そまみち》だ。本来なら明後日に来るはずだったので、何も道具を用意していなかった。よもや何も掛かっていないだろうが、両手に軍手を着けて、助手席に転がっていたマイナスドライバーを持った。一瞬ためらったが、荷台に積んであったロープの束も担いだ。

罠は杣道に沿って仕掛けてある。先輩の猟師は、獣の通り道に仕掛けろと言うが、脚跡など滅多に残っていない。僅かな草の倒れや、落ち葉の潰れで見分けなければならない。「その内、猪の通った跡が、ありありと見えるようになるさ」と励まされるが、ライセンスを取得してまだ二年目、道は険しい。

くくり罠とは、一方を木に縛り付けたワイヤーの逆側を輪にし、筒の回りに嵌め込み、獣道の地面に半分埋めるように仕掛け、獲物が筒に脚を入れた時、自分の重みでワイヤーが筒から抜け落ち、脚を締め付けるというものだ。仕組みは簡単だが、設置場所、カモフラージュの仕方等、経験が全てだ。十二センチ口径の塩ビ管を筒として使用する者が大半だ。十二センチには理由があり、保護動物に指定されているツキノワグマの脚のサイズがこれ以上で、罠に掛からないようにとのことだ。穴の深さはまちまちだ。深いほど脚の上部を捉えることが出来るが、埋める穴を深く掘る必要があり、設置が容易でない。十五センチから十八センチ埋める者が多い。特に難しいのが、筒へのワイヤーの締め付け方だ。強すぎると罠が作動しなく、弱すぎると脚が当たっただけで外れてしまう。源さんは冗談で、「あれをしごく時の強さだよ」と笑うが、よく分からない。昨日仕掛けた罠も、少しずつだが締め付けの力を変えてある。

山の匂いは硬くて好きだ。人の気配が無くなれば無くなるほど、硬質になる。奥に入れば入るほど、山の空気は硬くなる。人が群れている場所は、空気が柔らかい。しっかり吸っても、肺から入らない。だから人は堕落する。まだライセンスを取得する前、源さんに初めて猟に連れて来て貰った時、強く感じた。この匂いに励まされ、猟師になったと言える。

杣道を進んで五分、最初の設置標識だ。くくり罠を設置した場所には、標識を示すのが鉄則だ。銃による猟はチームを組む場合が多いが、くくり罠猟は、大抵一人だ。注意を喚起させる標識が無いと、登山者やハイカーが怪我をしてしまう可能性がある。設置標識には、氏名、住所、電話番号はもちろん、狩猟の許可証番号も記載しなければならない。

杣道を外れ、杉林の斜面を三十歩ほど登った所に、少し開けた場所があり、罠を仕掛けてあった。少し息を切らせながら登って行くと、幹に縛り付けたワイヤーが見え、明らかに弛んでいるのが分かった。斜面を登りきらずに、杣道に引き返し、次の設置標識を目指した。

04:00 PM

第二、第三、第四と全滅だった。春先の日没まではまだあるが、山の暮れは早く、山陰《かげ》となった杣道はぱったりと暗くなった。ましてや杉林の中は、恐いくらいに暗い。

最後の罠は、杣道の崖側に設置してある。昨年の台風で崩落があり、通行止めになっている道の、崩落の手前だ。昨年の秋、ここで猪を目撃している。野獣には、同じ道を行き来する習性があると聞く。どんなに細くても、道の脇や近くに罠を設置してはいけないのだが、林道からの入り口には林野庁によるロープが張られ、余程でないと登山者が入って来ることはない。設置標識も、ここだけは前後に四ヶ所付けた。僅か数日だからと、自分を納得させていた。

崖に沿って進むと、滝の音が高まった。小さな滝だが、谷は深い。細い落下だが、二十メートルほどある。滝下の流れは狩野川の支流の支流で、岩場が多い。崖沿いの杣道は足場が悪く、右の斜面は杉林だが、左は僅かな草むらで、その先は垂直に谷に落ちている。一歩間違えれば、滑り落ちてしまう。慎重な歩きに、ジャンパーの中の脇の下に、じんわりと汗が滲んだ。暖冬のお陰で、雪がないのが助かる。例年だとこの時期のこの道は雪に埋もれ、歩行ができない。

突き出した岩を回り込むと、滝が見えた。滝の少し手前の杣道が、岩で塞がれていた。昨日来た時には無かったので、不思議に感じ、足を止めて岩を凝視した。二メートルほどの灰色の物体だ。一メートルも無い道幅を埋めてしまっている。息を整えながら見つめていると、微かだが、岩が揺れている。くくり罠のワイヤーを縛り付けた木を見ると、ワイヤーがピンと張って、岩の手前に消えている。岩ではない。巨大な猪だ！　巨大な猪が、こちらに背中を向けているのだ！　まるで体育座りのように、尻を付いているので、岩に見えたのだ。

足が震え出し、どっと汗が噴き出した。このまま回れ右をして、明日、源さんと来た方がいいのは明白だが、かつて見たことが無い巨大な背中から、目が離せなくなっている。風向きが変わり、どっと獣の臭いがした。鋼鉄のような凄みのある臭いがした。

　意を決して、足音を殺し、十歩ほど近づくと、がり、がりと、断続的に何かを噛む音がしている。音を立てる度、ざわ、ざわと背中が揺れる。不意に、昔飼っていた雑種犬に豚足の骨を与えた時、夢中で噛み出した姿が浮かんだ。そうか、奴は自分の脚を噛み砕いているんだ。恐らく、くくり罠がどちらかの後ろ脚に掛かり、食い込んだ輪を外そうと、脚を噛み千切っているのだ。猪は偶蹄目《ぐうていもく》に分類され、脚に指は無く、前側に大きな蹄が二つ、後ろに小さな蹄が二つの合計四つの蹄を持つ。大抵が前の二つの蹄で歩くのだが、山道を上り下りする際に、後ろの副蹄《ふくてい》と呼ばれる小さな蹄を使用するらしい。もしも前側の蹄を噛み千切ることが出来れば、ワイヤーは外れ易くなるかもしれない。また通常、猪は罠に掛かると、脚から輪を外そうと走り回るものだ。それによって周りの地面は、まるで掘り返したように荒れるのだが、目の前の杣道には全く乱れが無い。奴は知っているのだ。無駄に走り回る程、輪は脚に食い込み、血流を止め、力を奪うことを。じっとしているのが一番いいことを。

　もしも引き返して源さんと来るとしても、夜は危険だ。明日の早朝になってしまう。それまでに奴は脚の蹄を噛み千切り、骨も噛み砕き、くくり罠を外して逃げるだろう。引き摺る脚から流れる血の跡を追って、射止めることは可能か。いや、今だ。今しかない。ドライバー一本で頼り無いが、仕留めたい。例え仕留めることが出来ないとしても、前に回り込んで、奴の顔を見てみたい。

奴の左側はワイヤーを縛り付けた木と、その他に数本の木が生えているだけで、崖がほぼ垂直に下の沢まで落ち込んでいる。右側の杉林を進むしか無いのだが、三十度程の急斜面で、枯葉や雑草で地面が見えない。もしも足を滑らせて、奴の上へでも落ちたなら、それこそ命は無いだろう。引き返した方が賢明だ。

　気が付くと靴と靴下を脱いで裸足になり、右斜面を登り出していた。猟用の登山靴ではなく、只のアディダスのシューズだったので、滑るのが怖かったのと、裸足の方が音が立たない気がしたからだ。息を殺し、音を立てないように、真っ直ぐ斜面を登って行った。興奮のせいか、裸足でも寒くなかった。脱いだシューズは胸に抱え、十メートル程上ると、左を向き、常に奴を見つめながら、斜面に水平に進んだ。背中しか見えなかった奴の横顔が見えるようになった。尻を地面に付き、案の定、左の後ろ脚のふくらはぎの辺りを噛んでいる。頭を股深く差し込んでいるため、鼻や目は見えないが、鋭い牙が、がり、がりと鳴る度に、ぐいっ、ぐいっと動く。奴の五メートル程前に出ると、ゆっくりとゆっくりと斜面を下って行った。山裏に日は隠れ、谷全体が灰色になった。気温がぐっと下がった。

　一時も奴から目を離さず、音を立てないように、斜面を下りきると、滝を背に杣道に立った。罠を外すのに懸命で、人に気付かないのだろう、断続的に、がり、がりが続いている。ポケットからスマートフォンを取り出した。画像が欲しい。カメラを起動させて気付いた。シャッター音でばれてしまう。動画だ。動画の方が、起動音も停止音も確か小さい。動画モードに切り替えるのに、軍手が邪魔なので、右手だけ脱ぎ、脇に置いた。担いでいたロープの束は、下ろすと音がしそうなので、そのまま担ぎ続けた。画面をズームにして寄って行った。モニターいっぱいの奴の頭。灰色に見えていた体も、近くから見ると焦げ茶色が縞をなしている。毛並みは針のように固そうで、かりかりに乾いた泥の塊が、そこここにこびり付いている。そして何よりも驚いたのが、何匹もの蝿が、奴の体の回りを飛び回っていることだ。厳寒の二月に、通常なら蝿は死に絶えているはずだ。ましてや天城の山の中、夜の気温が零下の時もある。奴という母体とその体温が、厳寒から蝿を守っているのかもしれない。

　ぽんと鳴らして動画を起動させた。この距離なら例え気付かれても、ワイヤーが邪魔をして届かないはずだ。通常、くくり罠のワイヤーは、二メートルのものを二本繋ぎ合わせて、四メートルにして使用する。ところが崖道のこの場所は狭いので、二メートルのワイヤー一本のみで設置した。つまり、奴の胴の長さを加算しても、五メートル離れていれば、安全圏と言える。画面いっぱいに飛び回る蝿。こびり付いた泥の塊。がり、がりと鳴る音も録れているはずだ。しかし、残念なのがこの臭いだ。圧倒的な獣の臭いが、半径十メートルに充満しているのに、動画に録ることが出来ない。これぞ正しく、人には無いものだ。本来なら不快になるはずなのだが、山の匂いと相まって、何故か懐かしさすら感じた。

　ズームをゆっくりとワイドにしてゆく。画面に両側の牙が入って来た。がり、がりが止んでいる。鼻が見えた。血で赤黒く、ぬらぬら光っている。鼻の両上に目が燃えていた。まさに文字通り真っ赤に燃えていた。廊下の奥の消防灯のようだ。吸い込まれるように二、三歩前に出た。

その瞬間、奴が唸り声ひとつ上げず、突進して来た。画面いっぱいに真っ赤な目が迫り、うわーと声を上げて尻餅を付いてしまった。転んだ拍子に高く上がった右足に、激痛が走った。火の塊を押し付けられたような熱さが襲った。靴と靴下を脱いだ裸足だ。一瞬、何が起こったのか分からずにいると、ずずずずっと体が引き摺られた。頭を起こし、奴を見ると、右足の脛までをぱっくりとくわえ込んでしまっている。がきっと骨が軋む音がして、全身の毛が逆立った。ぎゃーと絶叫しながら、左足で奴の鼻を蹴った。ぐぐぐぐっと奴が唸り、右足に飛び上がる程の激痛が走った。痛さで体がくの字になり、奴の頭が近付いた。耳を掴んだ。手にしていたドライバーで頭を殴った。奴は足を離さない。ドライバーを逆手に持つと、マイナスの先を左目に突き立てた。ぐにゃっと眼球が破裂し、どどっと血が噴き出した。振り払おうと、奴が激しく左右に身を振った。落とされないように、左手で奴の右耳を掴み、突き立てたドライバーで、目の中をぐりぐりと掻き回した。気が狂ったように暴れ出した。背中から地面に落とされた。枯れ籔で顔に傷が走った。木の幹に横腹をぶつけられた。それでもドライバーで目を攻撃し続けた。

不意に体が空に出た。一瞬、天も地も消え去った。全身に風が当たった。次の瞬間、岩壁に背を叩きつけられた。背中の激痛以上に、右足に引き千切れる程の激痛が走った。意識を失った。

04:25 PM

「お父さん、ひどいよ！　言い過ぎだよ！」

娘のなじる声が響いた。普段はおとなしい娘の怒鳴り声に、たじろぎつつも謝らなかった。会わせたい人がいると聞いたのは、四日前だった。妻とは相当前から相談し合っていて、三人では結婚式の日取りも半ば決まっていたようだ。自分一人が除け者扱いなのが許せなかった。

日曜の昼前に娘が連れて来た男は、中堅の会社に勤め、見た目も普通だった。目立ったところが無いのは、好ましかった。普段なら、穏やかに話して見送っていたはずだ。出前の寿司にはほとんど手を付けず、自分のグラスにビールを注ぐ男が、義理の息子になるのかと思うと、複雑な気持ちになった。

「片親だと聞いたが、お父様は亡くなられたのですか」

生き別れだと知り、口が滑った。

「子は親の真似をする。君も嫌になったら娘を棄てる可能性がある」

そんなことはないですと、言い張る男の目を見ず、そっぽを向いた。娘も妻も男の肩を持つので、苛立ちが募り、勝手にしろと、席を立った。

男を見送って戻った娘が泣き崩れた。全身で泣く娘を見るのは初めてだった。全霊で父をなじる娘も初めてだった。

（葉子、すまない。申し訳ない。許してくれ）

今なら素直に謝れる気がする。結局、二人は無事に結婚した。浩一君は、今では何も無かったように接してくれる。孫の胡桃は目に入れても痛くない程可愛い。

目の前に立つ葉子は背を向けている。振り向かせようと、肩に手を伸ばした瞬間、強烈な頭痛が襲った。激しい吐き気と、頭が割れる程の痛みだ。

正気を保つために、無理矢理目を開くと、意識が戻った。山が逆さまに見えた。自分がどこにいるのか分からない。見上げると、谷底の渓流が見えた。暮れかけた夜の気配に、ごろごろと転がった岩が、闇のようだ。下を見ようとしたが、頭が重く、下がらない。頭痛を振り払いたく、体を左右に振った瞬間、右足に激痛が走った。衝撃的な痛みに、状況を理解した。

猪と自分は、谷底に落ち掛けているのだ。猪を繋ぎ止めているのは、左脚に食い込んだくくり罠の輪と、木の幹に縛ったワイヤー一本だ。そして恐ろしいことに、自分を繋ぎ止めているのは、右足の脛に噛みついた、猪の上下の歯のみだ。もしも奴が噛む力を緩めたら、まっ逆さまに谷底に落ちてしまう。ワイヤーを縛り付けた木が折れたなら、猪もろとも落下してしまう。上手く川の流れに落ちたとしても、先に落ちるのは自分だ。奴の全体重で、押し潰されてしまうだろう。

危機的状況が、頭痛を和らげた。現状を確かめるために、無理矢理首を曲げて、空を見上げた。左目にドライバーの刺さった奴と目が合った。ぐぐぐぐと唸りつつ、右足に噛みついている。案の定、奴の体は崖から三分の二程が落ち掛けており、ワイヤーを縛り付けた木が、大きく傾いている。たった一つの救いは、背負っていたロープだ。格闘の最中に引っ掛かったのだろう、束の一部が奴の牙に絡まり、袈裟懸けにした右肩に食い込み、ぴんと張っている。もしもロープが無かったなら、自分の重みで肉が引き千切れ、谷に落ちていただろう。

いずれにしろ、長い時間は持たないのは確かだ。奴と格闘でもしようものなら、杣道脇の浅い地面ゆえ、折れはしないだろうが、根こそぎ木が倒れてしまうかもしれない。最も恐ろしいのが、奴が息絶えることだ。右足を噛む力が無くなった瞬間、口から足が外れ、ロープ一本になってしまう。どれ程耐えられるだろう。

無意識に助けを呼ぼうと、ズボンのポケットのスマートフォンに手を伸ばした。しかし、空っぽだった。軽トラと自宅の鍵の束しか無かった。そうか、撮影していたのだ。不意に襲われ、落としたに違いない。助けを呼ぶには、奴の口から足を引き抜き、奴の体にしがみつき、崖の上まで上り切るしかない。

絶望的な気持ちに、体の力が抜けた。元のようにだらりと垂れ下がってしまった。鼻水が出て来た。逆さまの空を向いた二つの穴から、じゅるじゅると鼻水が溢れ、鼻筋を伝い、目に入った。不意に寒気が襲った。薄暗くなった山の寒さがどっと増した。足の痛みも忘れ、うえっ、うえっ、と泣き出した。泣いている自分の声が、他人の声のように聞こえる。

うえっ、うえっ、に重なって、くぅくぅくぅと誰かが泣いている。それはすぐ横から聞こえた。

ジャンパーの腕で涙と鼻水を擦り、崖に首を向けた。瓜坊が震えていた。

杣道から二メートル程垂直に下りた辺りに、小さな岩の出っ張りがあり、瓜坊がしがみついていた。少しでも動けば、谷底に落ちてしまう。しかし、この時期に瓜坊を見るのは初めてだった。猪は春に出産する。体に縞のあるあの愛らしい瓜坊の姿は、せいぜいが七月位までだ。それが何故いまだに小さいままなのだろう。不意に全てを理解した。この子は特異体質なのだ。遺伝子の欠損か何かの理由で、成長が著しく遅いのだろう。一人前に成長していなければならないこの時期まで、奴の保護が無いと、生きて行けないのだ。

杣道を歩く奴と瓜坊の映像が浮かんだ。遅れないように、必死に歩く瓜坊の懸命さが伝わる。不意に脚を踏み外し、崖から落ちる瓜坊。慌てて崖際に駆け寄る奴。その瞬間、くくり罠に嵌まる左脚。奇跡的に瓜坊は、崖の途中の岩の出っ張りに引っ掛かり、助かる。助けを求める瓜坊の鳴き声。ワイヤーで制限された奴の行動範囲。自分の脚先を食い千切ってでも、助けたい一心。慎重な奴が、拙い罠に掛かった原因は、我が子への愛情そのものだったのだ。

「俺に任せろ！　助けてやる！」

自分の声に驚いた。足の痛みを忘れていた。やるべきことが、力を生んだ。奴にスマートフォンを向けた時、軍手を脱いだので、右手は素手だ。谷底に落とさないように、左手の軍手を脱ぎ、右手に着けた。汚れた面が手の甲側となり、獣の手のようだ。裏返して手のひら側を見ると、まっさらで気持ち良かった。瓜坊に向かって手を伸ばした。届かない。五十センチ程先だ。徐々に体を揺らし始めた。噛まれている右足を軸に、振り子の原理でゆっくりと体を揺らす。伸ばした右手が、少しずつ瓜坊に近づいて行く。左右に揺れる度に、奴の牙が骨まで食い込み、どどっと血が溢れているようだ。ズボンの中を流れる血が、太股の付け根に溜まり、睾丸がくすぐったい。こんな状態なのに、性的な興奮を覚えそうになる自分に驚いた。

　伸ばした手が触れそうになると、瓜坊は危険を察してか逃げようとした。今にも岩から落ちてしまいそうだ。「まずい」と呟くと、思いっきり体を揺らした。汚れた軍手が、瓜坊の首を捕らえた。引き返す反動で岩から引き剥がし、両手で抱いた。ぐえぐえともがくので、腹に抱え込んだ。懸命に腹筋を曲げ、左手で親の耳を掴んだ。軍手で瓜坊の首を掴んだまま、曲げた腹の間に挟み込んだ。

　一仕事やり終えた安心感からか、猛烈な寒気が襲って来た。全身に鳥肌が立ち、がちがちと歯が鳴った。獣の耳を掴んでいる手が、抜けそうになる。ぐっと奥歯を噛んで耐えた。「山で迷ったら歌うこった。何でもいいから、声に出して歌うこった」。不意に源さんの声がした。

　うさぎおいしかのやま
　こぶなつりしかのかわ
　ゆめはいまもめぐりて
　わすれがたきふるさと

（高野辰之作詞『故郷』より）

涙を流しながら歌った。大きな声で歌った。二番が思い出せないので、繰り返し繰り返し、一番を歌った。徐々に体が熱を持ち始めた。熱は新たな力を生んだ。次の段取りを、頭の中で整理して行った。

　ジャンパーのチャックを胸の下まで開き、瓜坊を押し込んでチャックを閉めた。ジャンパーの下から落ちないように、ズボンの中に、ジャンパーの裾を押し込んだ。それだけのことを右手一本で行ったので、親の耳を摑んでいる左手が震え出した。一息入れるために、右手でも親の耳を摑んだ。暗くあたたかい場所に納まったせいか、瓜坊は大人しくなった。軍手を着けた右手が滑りやすいので、歯で中指の先を嚙んで、脱いだ。脱いだ軍手はジャンパーのポケットに押し込んだ。再び両手で耳を摑んで、体を安定させた。

「嚙むのをやめろ。助けてやる。口を開けろ」

　しがみついたまま、耳元に話し掛けた。瞬間、右足を激痛が襲った。痛みをこらえ、右足を捏ねくり回した。一瞬、嚙む力が緩んだが、足を引き抜くまでには至らなかった。

「大丈夫だから、安心しろ、子どもは必ず助けてやる」

　今度は囁いてみた。嚙む力は変わらない。

「お願いだ、離してくれ。お願いだ。お願いだ」

　耳奥に息を吹き込んだ。すると、奴の口許が弛んだ気がした。耳に口を近づけた際、体を折り曲げていたせいで、瓜坊が圧迫されたのか、ジャンパーの中できゅんきゅんと鳴き出した。その途端、歯が外れた。開いた親の口から、右足が落ちた。その衝撃で、体ごと落ちそうになり、両耳を鷲摑みにして耐えた。牙と繫がったロープが、腋の下に食い込み、痛い。奴の耳を摑んだ手から、みるみる力が奪われる。

　もはや残された体力は少ない。ジャンパーの中の瓜坊が暴れ出し、谷に落としでもしたら、全てが終わる。奴は怒り狂って、振り落とすだろう。左耳を摑んでいた右手を離し、首の付け根の肉を摑んだ。脂肪の少ない肉は摑みやすかった。剛毛も滑り止めになり、時間は掛かるが、何とか上れそうだ。右耳の手を離し、反対側の首の肉を摑んだ。腹の下の瓜坊が潰れないように、出来るだけ胸を反らして、左右の腕の動作を繰り返した。首から肩に、肩から背の前側に。肉を摑まれる痛さに、奴が暴れないことを祈りつつ、ゆっくりゆっくりと上って行った。両腕だけの力に頼ってのこと、不安だったが、奴の剛毛が服やズボンに刺さってストッパーとなり、ずり落ちそうな体を止めてくれていた。

　股が奴の首に至った所で、膝で首回りを挟み、体を安定させ、一息入れることにした。左手を離し、牙に絡まっていたロープを外した。それにしても凄い臭いだ。こびりついた泥と、獣の臭いが混ざり合って、へどのような悪臭を放っている。

　不意に、目に何かが飛び込んで来た。痛い。痛いが手が離せないので、払うことが出来ない。何かは、鼻の穴や耳の穴にまで飛び込んで来た。蠅だ。奴の体に宿っていた蠅だ。黒い無数の羽音に、頭全体が入ってしまったようだ。「うわー」と叫びながら、頭を左右に振った。目や鼻の蠅は飛び散ったが、今度は開いた口に、何匹もの蠅が飛び込んで来た。思わず、ぺっと吐き出した。しかし、何匹かは残った。少し苦いレバーのような味がした。飲み込もうとしたが、喉に貼り付いてしまいそうなので、ゆっくりと口を動かして、唾が溜まるのを待った。

「止まっては駄目だ」

自分に言い聞かせるために、しっかりと声に出した。止まると蝿が襲って来る。両手に加え、両膝で背中を挟めるので、木の幹を上る要領で進めばいい。悪臭にも慣れて来た。もう少しの頑張りだ。唾液で一塊になった蝿を吐き出した。

右手で奴の尻の肉を摑んだ時だ。睾丸を物凄い痒みが襲った。余りの痒さに、手を離しそうになり、「ぐわー」と叫んで耐えた。奴の背中を挟む膝に力を入れ、痒みが去るのを待った。股間の痒みは、痛さに変わって来た。睾丸を画鋲で刺されているみたいだ。しかし、痛みは痒みよりも耐えられる気がする。そう思ったのも束の間、今度は痒みが両側の脇の下、脇腹、両側の膝の裏を一気に襲った。蚤だ。奴の血を吸っていた蚤だ。厳寒の天城山中で、奴の体で越冬した蚤だ。分かった所でどうしようもない。身を捩ることも出来ず、歯を食いしばって耐えるしかない。脇の下と脇腹の猛烈な痒みが、両腕の力をみるみる奪う。摑んでいる手を離しそうになり、両肘で背中を挟み込んだ。その時、奴が前脚二本で崖を蹴った。一瞬、体が空に向かい、跳ね上がった。（まずい！）。痒みよりも恐怖で、しがみつく手、膝、肘に満身の力を込めた。跳ね上がった奴の体は、スピードを緩めず、崖にぶつかった。振り落とされそうになる衝撃に耐えた。固く閉じていた目を開けると、痒みが半減していた。

がつがつと肉を摑み、最後は奴の尻を足場に、崖道に上りきった。すでにそこには夜しかなく、真っ暗だった。眩暈にも似た安心感からか、ばったりと気を失った。

06:00 PM

「楽しい訳がないでしょう。勝手なことを言わないで下さい」

　文句や愚痴を一切こぼしたことのない妻の言葉は、強烈に響いた。つい先日の、夕飯でのことだ。何の話でそうなったのかは忘れたが、ここに越して来て三年、充分に妻も田舎暮らしを楽しんでいるものと、信じ切っていた。夫の問い掛けに、普段は無口な妻が語り出した。淡々とした口調が、本音の深さを教えた。

「どれだけ私が我慢していたか、まるで考えたことがないでしょ、あなたは」

　四年前、勤めていた医療器具の会社を、早期退職した。役員から外され、県内の関係企業に再就職する道もあったが、住んでいたマンションの返済も終わっており、自分の時間が持ちたかった。妻には事後報告だった。一人娘も結婚しており、夫婦二人の生活費さえあれば足りる、これからは自由に生きる、お前も好きなことをして構わないと、豪語した。退職金を切りつめて使えば、十年ぐらいは大丈夫だ。その内、小遣い程度の賃金を貰える仕事を見つければいいと、楽観していた。

　ずっと無趣味だった。会社では経理を担当していて、信頼も厚かった。部下も慕ってくれているものと信じていた。ところが、退職した途端、全員がそっぽを向いた。家に誘っても、露骨に断られた。妻はすぐに事務のパートを見つけ、週五で働き始めた。ぽつんと昼間に家に居ることが多くなった。時間を持て余し、図書館に通うようになった。

ずっと理科系を得意としていたので、文学には馴染みがなかった。何を読んでいいのか、分からなかった。文学と言えば夏目漱石だろうと、『こころ』を借りてみた。全く面白くなかった。情けない男の独りよがりに思えた。あっさりと文学は諦め、実用書を手にした。その中の一冊が、運命を変えた。

千松信也の『ぼくは猟師になった』だ。一人の若者が猟師を目指し、縄猟のライセンスを取得し、山小屋に移り住み、猟を実践する様が、時にユーモラスに、生き生きと語られていた。これだと、確信した。見えない導きに引き寄せられたと信じた。確かに彼には若さがあったが、自分には経験と金銭的余裕がある。ここは伊豆半島の付け根で、天城山が控えている。猪や鹿が増えて、農作物を食い荒らし、甚大な被害が出ていると、ＮＨＫのニュースで観た記憶がある。確か、仕留めた鹿や猪は、市や町が一定の金額で引き取ってくれるはずだ。これこそ、趣味と実益を兼ねた、格好の仕事ではないか。

翌日、妻がパートに出掛けると、中伊豆に車を走らせた。昨夜、めぼしいログハウスの情報は、ネットで調べておいた。仲介してくれる不動産屋とも連絡済みだ。天気も快晴で、まさに不動産日和だった。

中伊豆のログハウスは、理想的だった。売り主は、半年前に夫が亡くなり、横浜の息子夫婦の家に身を寄せている。そのため、現在空き家となっているログハウスを早急に処分したいということだ。間取りは、広いリビングの他に、六畳の部屋が二つ。一つを寝室にしても、もう一部屋は書斎に出来る。キッチンもＩＨで、今のマンションと同じだ。器具の買い換えの必要がない。さらに何よりも嬉しいのが、太陽光発電を完備している点だ。自給自足とは言わないが、出来るだけ自然に近い生活がしたい。おまけに、家具や備品がそっくり残っており、必要なものはそのまま使用して欲しいと言われた。不要なものは撤去するが、撤去費は売り主持ちだとも。敷地も広く、家庭菜園を趣味にしていたそうだ。伸び放題だが、整えられた畝には、茄子や胡瓜が、はち切れんばかりの大きさで実っている。まるで祝福しているように見えた。水道も井戸水を汲み上げていると知った。もはや買わない理由はなく、即決で手付金を払った。諸経費を入れても、退職金の半分にもならない。今住んでいるマンションも、ある程度の値段で売れるだろう。妻の驚く顔が目に浮かんだ。

　次の土曜日、パートが休みの妻をドライブに誘った。「天城に美味しいピザを食べに行こう」と言うと、不思議そうな顔をしながらも、化粧を直し、着替えて来た。

　ネットで調べておいたピザレストランはログハウスで、客の大半は若者たちだったため、少し場違いに感じたが、味は申し分なかった。意識して、ログハウスの良さを話した。

　ランチの後、火山岩の露出である柱状摂理が見えるという滝を見学し、清流に沿って棚田にした広大なわさび田を回り、手付したログハウスに連れて行った。老後の計画に、妻は否定的なことは一切言わなかった。ただ、パートの仕事はどうしたらいいかと聞かれ、通えない距離でもないだろう、修善寺駅までの送り迎えなら、任せておけと答えた。一応、娘とも相談したいと言われたが、決定したと確信した。

一か月後には、念願の新生活が始まった。すぐに地元の猟友会に連絡を入れ、情報を教えて貰った。その時、会長が紹介してくれたのが、源さんだった。普段は修善寺温泉の土産物屋のおやじで、おっとりしているが、山に入ると人が変わったように機敏に動いた。年齢層の高い猟友会の中では、一番若く、自分より五歳年下だったが、頼れる存在となった。

半年後、くくり罠のライセンスを取得した。その間に家の横に、作業場としてガレージを組み立てた。ホームセンターでキットを取り寄せ、一人っきりで完成させた。新たな自分を見つけることが出来て、嬉しかった。

妻は暫くは電車で三島までパートに通っていたが、やがて辞めて、地元のスーパーのレジ打ちに通い出した。そこで知り合ったのか、フラワーアレンジメントの集まりに出るようになり、ここでの暮らしを楽しんでいると信じた。娘も、ここは空気が違うと、胡桃を連れて頻繁に遊びに来るようになった。三島のマンションよりは、数倍楽しいはずだ。庭に砂場とぶらんこを作り、胡桃にキスされた時は、思わず涙を浮かべてしまった。

「そうやって好きなことだけやってればいいでしょ。もう限界です。葉子のところに行きます。葉子には伝えてあります。後は一人で自由に生きて下さい」

七五三のお祝いに、明日、胡桃に会いに行きませんかと妻に誘われた時、松崎でのジオパークの講演があるから行けないと断ると、淡々と告げられた。

「葉子とは相談していたのか」と聞き返すと、「浩一さんにも、遠慮せずに来てと言われました。一部屋余分にあるし、胡桃も喜ぶからと」と言われた。また三人で事前に打ち合わせていたと知り、「勝手にしろ」と席を立った。

以来、妻とは口をきいていない。今朝も勝手に朝食を済ませ、早々に家を出た。車を運転しない妻が、駅までどうやって行ったのかは知らない。きっと娘が迎えに来たのだろう。

その妻が目の前に立っていた。真っ暗な山道なのに、蛍光色のように全身が浮かび上がっている。何も言わず俯いている。「なぜここに？」と声を掛けると、不意に顔を上げた。うっすらと笑っていた。谷に落ち掛けたことを笑われた気がして、「笑うな！」と叫んだ途端、妻が飛び掛かって来た。ぐわっと大きく開いた口から、真っ赤な舌が顎の下まで垂れている。恐ろしさに仰《の》け反《ぞ》った瞬間、尻餅をついてしまった。飛び跳ねた妻に、馬乗りにされてしまった。両腕を押さえ付けられ、長い舌で顔を舐められた。ねちゃねちゃとした唾液が、鼻の穴や口に入って来て、気持ち悪い。金縛りに合ったのか、全く体が動かない。首も左右に振れない。妻を止める手段がない。声だ。声を出さなければ。喉に意識を集中した。舌の侵入を防ぐ為に、上下の前歯をかちかちと鳴らした瞬間、「うわー！」と叫び声が出て、意識が戻った。

瓜坊が顔を舐めていた。一心に口の回りを舐めていた。ざらざらとした舌の感触が、気持ち良かった。どっと力が抜け、暫く舐めさせている内に、手足に血が回り始めた。起き上がり、瓜坊を抱いた。温かかった。ぐっと抱き締めた。

気が付くと、杣道に正座していた。背負っていたロープを下ろし、夜の闇をじっと睨み付けていた。激しい喉の渇きを感じたが、唾を呑み込んで耐えた。正座している自分を意識した。小さい頃から、物事を深く考える時には、正座する癖があった。考えろ、考えろと、自分に言い聞かせた。これからどうする。足の出血を何かで縛り、止める。杣道を引き返し、軽トラで家に戻り、近所の医院を検索して、破傷風と狂犬病の処置をして貰う。いや、猪に噛まれた傷だから、狂犬病ではないかも知れない。

抱き締めていた瓜坊が、くんくんと鳴いた。抱いた手をぺろぺろと舐め始めた。温かかった。考えを全て捨てた。

「よし、任せろ！　奴を助けるぞ！」

06：45 PM

正座をし直した。瓜坊を抱いたまま、背筋を伸ばして考えた。くくり罠のワイヤーを縛り付けた木は、三十度程傾いている。暗くて根の辺りがどうなっているのかは分からないが、自分の体重が減った分、まだ持ちこたえてくれそうだ。通常、猪の体重は九十キロ程だが、桁違いに大きい奴はどの位だろう。かつて、百九十キロの猪が捕獲されたという記事を見た記憶があるが、恐らく、奴の体重も同程度だろう。どうやって引き上げるかだ。正座して考えても、何も浮かばなかった。軽トラに積んであるものも、それ程多くはない。

正座している内に、目が山の闇に慣れ始めて来た。木々や草などの生物は相変わらず暗いが、岩や土や石などの無機物は、灰色っぽく見えるようになって来た。考えるよりも行動だ。瓜坊を地面に下ろすと、杣道に沿って落としたものを探した。

右足を噛みつかれた辺りに、軍手の右が落ちていた。拾い上げ、左手に着けた。ポケットからもう片方を引っ張り出し、右手に着けた。左右を直そうかと思ったが、瓜坊を助けた時は逆さまだった。縁起を担ぎ、敢えてそのままにした。

更に回りを這って探すと、シューズの右足が見つかった。山の斜面にまで範囲を広げると、左足が見つかった。それぞれのシューズの中には、斜面を上る時に脱いだ靴下が押し込められていた。靴下を引っ張り出した。そこで初めて、ズボンをたくし上げて、噛まれた傷の状態を見てみた。脛の下辺りの左右に、穴が開いていた。穴が繋がっているのかは分からない。血は止まっている。手で穴の周囲に触れてみると、氷のように冷たい。全体に血の気が引いてしまっているようだ。もはや痛みはそれ程感じないのが有り難い。片方の靴下で、傷ごと足を縛った。もう片方の靴下を、右足に履いた。右足の指を動かそうとしてみたが、ぴくりともしない。押し込むようにシューズを履いた。左足にもシューズを履いたが、靴下を履いていない分、弛みがあるので、靴紐を縛り直した。

四つん這いになり、杣道を這いながら、スマートフォンを探した。両手で石や枯草を掻き分けながら探したが、見つからない。見つかれば、すぐにでも源さんに連絡出来る。奴に引き摺られたと思われる場所も、舐めるように探した。シルバーのボディーだから、すぐに見つかると信じたが、どこにもない。ふと源さんの言葉が蘇った。「山に入ったら携帯は役に立たねえ。だいたい圏外だよ。ＧＰＳだっけ、そいつは動いているから、捜索の役には少しはなるかもな」。時間の無駄だ。スマートフォンは諦めた。

　立ち上がると、目眩がした。思わず膝を付いて座り込んだ。五分程じっとしていると治まった。今度は慎重にゆっくり立ち上がった。目眩は感じなかった。一歩、右足を踏み出してみた。鈍い痛みが右足全体を襲ったが、堪えられなくはない。ぐっと奥歯を噛み締めて、くくり罠の木に近づいた。

　ロープの束を拾い上げ、ロープの端を倒れ掛けた木の、根元から二メートル辺りに縛り付けた。そのままロープをぴんと張ったまま、隣の木の幹の、出来るだけ高い位置に渡し、ぐるぐると巻き付けた。これで、例えくくり罠の木が倒れても、次の木で持ちこたえてくれるはずだ。尚も余っているロープの逆の端を持ち、四つん這いになり、崖際に這って行った。ワイヤーの食い込んだ奴の脚が突き出している。もう片方の脚に、木からぴんと張るように、ロープを縛り付けた。そんなことは無いだろうが、奴の脚がワイヤーから千切れたとしても、これで谷に落ちることは無い。

　それだけの作業で、もの凄い汗をかいてしまった。気の弛みが、急激な寒気を呼んだ。わなわなと全身が震えた。がちがちと歯が鳴っているが、止められない。瓜坊を探した。倒れ掛けた木の根元に座り、こっちを見ている。震える手で手招きをした。すぐに寄って来た。崖っぷちに座り込んだまま、瓜坊を抱え続けた。

　意識して、両手の指先と両足の指先を曲げるように、動かし続けた。傷のある右足は感覚が無いが、他の三本は徐々に熱を持ち始めた。やがて手足の熱が全身に広がるのを感じた。「待ってろよ。すぐ戻る」と声に出して、瓜坊を木の根元に置いた。決心を固めるように空を見上げると、両側から張り出した山影のぎざぎざの狭間の細長い夜空に、ぎっしりと星が詰まっていた。星を仰いだ目に、杣道が白銀に見えた。ゆっくりと立ち上がると、慎重に杣道を下って行った。谷に落ちないように、一歩一歩を確かめながら進んだ。途中まで付いて来た瓜坊だが、手を振って追い返すと、その場に座り込んで見送った。

　林に入ると、杣道は真っ暗になったが、闇に慣れた目には、筋となって見えた。己の吐く息の白さも、くっきりと見えた。感覚の無い右足を引き摺り、前屈みで、かくかくと歩き続けた。下り道なのに、上りのようにきつく感じる。止まりそうになるのを我慢して、足を踏み出した。一旦止まってしまうと、再び歩き出せない気がした。何度も止まりたがる自分を叱咤して、林の奥へ奥へと進んで行った。

　やっと林道に出ると、軽トラに駆け寄った。軍手を脱いで、ズボンのポケットからキーの束を引っ張り出した。手ががちがちと震えて、ドアの穴にキーを差し込めない。股の間に手を挟み、擦って血を通わせた。今度は鍵を開けることが出来た。ドアを引っ張り開けると、ハンドル脇のボトルホルダーのペットボトルを掴んだ。ジオの講演会で買った緑茶だ。二口程しか飲んでなかったので、ずっしりと重い。手が震えて、蓋を外すのに手間取った。貼り付いた上下の唇をこじ開けるように、飲み口を押し込んだ。そのまま天を向いて、一気に流し込もうと構えた瞬間、思い留まった。喉を壊す恐れがある。ゆっくりと少量を口に含み、口内全体を湿らせた。もう一口を、ゆっくりと飲み干した。冷静に判断している自分を意識した。飲み物はこれだけしかない。大切にしなければ。

　助手席の白いビニール袋が目に止まった。卵だ。ジオの講演会の会場で購入したものだ。地場産の農産物を即売するブースがあり、紙パックの六個入りの有精卵を買ったのだ。慌てて袋から掴み出すと、ばりばりと厚紙の容器を破り、一個を鷲掴んだ。ボンネットに軽くぶつけ、ぐいっと空を仰ぎ、開いた口に直接、割った卵の中身を落とした。口いっぱいに広がる甘みと、とろけるような温かみを感じた。続けてもう一個を割ろうとして、思い留まった。これも貴重な食料だ。

　軽トラの荷台を覆っている幌を外した。外した幌を、持ちやすい大きさに畳んだ。幌を止めていたゴムもまとめて、畳んだ幌の上に置いた。ダッシュボードを探したが、懐中電灯は見つからなかった。座席を持ち上げ、工具袋を掴み出した。開くと、ナット締めやスパナが出て来た。何も思い浮かばなかったが、持って行くことにした。工具袋の下から、ジャッキが出て来た。確か一トンまで持ち上げられるはずだ。こいつは使えそうだ。しかしジャッキのハンドル、あの回すやつがない。そうか、車の下だ。思い出して、仰向けに寝転んで、荷台の下に潜り、括り付けてあった鉄の棒を外した。

　星明りの下、準備した品々を見下ろした。具体的な方法は、全く浮かんでいない。それでもやるしかないと思った。ジャッキや工具袋を幌で包み、しっかりと抱えた。ペットボトルは、ジャンパーのポケットに押し込んである。卵はジャンパーの中に、しっかりと仕舞った。このまま家に帰るなどとは、これっぽっちも思わなかった。真っ暗な杣道を、ずんずんと戻って行った。

07：30 PM

一口の緑茶と一個の卵が、全身に行き渡っていた。山の闇に慣れた目には、杣道がくっきりと見えた。

道を上りながら考えた。奴の前脚の後ろから胴に掛けてロープを回し、高い木の枝にロープを掛けて、引っ張り上げられないだろうか。重過ぎる。何かテコの原理は使えないか。上下の動きだ。ロープを何かに巻き込んで、持ち上げるしかない。いや、だいたい長さが足りない。ロープは確か二十メートルだ。斜面側の太い木には、全く届かない。

思い付いた案の細部を検討しつつ、歩き続けた。一心に考えることが、疲れを忘れさせた。感覚の無くなりつつある右足も、気にならなくなっていた。

細部の検討、それが信条だった。大学を卒業するまでは、計画の是非を事細かに検討する癖があった。初めて異性とデートした時も、事前に徹底的に、交通手段、映画館、レストラン、当日の天気等、リサーチに何日も費やした。不慮の事故で鉄道が止まっていた場合はどうするか、そこまで考えた。デートは自分的には成功だったが、次のデートには繋がらなかった。当然、反省点を探したが、分からなかった。性格の不一致だと結論付けた。

杣道を一歩一歩踏み締めながら、にやにやと笑みがこぼれた。考え方が、あの頃に戻ったようで嬉しかった。会社に就職して、ずっと転職もせず、働き続けた。細部の検討は、最初の二年で薄れてしまった。検討しきれない現実と、無駄な労力で、体を壊しそうになったからだ。以来、出来る事しかしなくなっていた。

職場で知り合った妻と結婚し、娘を一人授かり、役職にも付き、孫まで抱くことが出来る。当たり前だとばかり思っていた日常が、奇跡の上に成り立っている、大切なものなのかもしれない。細部の検討が足りなかったのだ。妻に対して。娘に対して。

森を抜けて、谷沿いの道に出た。狭い空には、相変わらずぎっしりと星が詰まっている。どこかで見た星空だ。そうか、蓼科の星空だ。娘が小学校一年の夏休みに、妻と三人で出掛けたキャンプ場の空だ。例え女の子でも、逞しく育って欲しかった。色々な経験をさせたくて、テントとキャンプ用品をリースした。トイレが無いのを不安がっていた妻だったが、渓流の冷たさや山の空気の透明感に、満足してくれた。最初は虫を怖がっていた娘も、林の中を飛び回ってはしゃいでくれた。

そこまでは大成功だった。バーベキューの火に使用しようと、薪になる小枝を拾っている時だった。川原の岩を飛び降りた瞬間、足を捻ってしまい、右腕を下に、岩場に倒れてしまった。ごきっと音がして、腕に激痛が走った。その場にうずくまって、腕を抱えながら、痛みが治まるのを待った。五分程で痛みは薄れたが、右腕全体が痺れていた。なに食わぬ顔で戻ったが、隠しきれなかった。すぐにキャンプを止めて、病院に行こうと言う妻をなだめて、その晩はテントで一泊した。

翌日の夕方、三島の市民病院で診てもらうと、右腕の橈骨《とうこつ》を骨折していた。手と肘の間には二本の骨があり、外側の骨が橈骨と名付けられていると、初めて知った。首から三角巾を下げ、腕を支えた。完治までには一ヶ月掛かるだろうと言われた。

学生時代の自分なら、あんなミスは犯さなかったはずだ。事前にキャンプ書を通読して、あらゆる危険を考慮したはずだ。第一、岩場を歩くのに、Tシャツ一枚は無い。転んでも大丈夫なように、軍手と上着は着用したはずだ。右腕が使えない不自由さは、今の足を噛まれた不自由さ以上だった。

まてよ、三角巾は使えるぞ。不意に閃いた。軽トラの荷台を覆っていた幌で、奴を持ち上げることは出来ないか。ひとつの案が浮かんだ。細部をひとつひとつ検討しながら、谷沿いの道を進んで行った。木の根元に坐っていた瓜坊が、駆け寄って来た時には、全ての細部を検討し終わっていた。

08:00 PM

足元の瓜坊を、膝を付いて抱き上げた途端、激しい尿意を催した。松崎を出発してから、一度も排尿していない。一口飲んだ緑茶と、戻って来られた安心感から生まれた尿意だろう。

瓜坊を下ろすと、崖道の山の斜面に向かって立った。右手の軍手を脱ぎ、ジーンズのジッパーを引き下ろし、ショーツをずり下ろして小便をしようとした。しかし、肝心なものは縮こまり、陰毛の中に隠れていた。上手く排尿出来そうに無い。それを無理矢理引っ張り出して、真っ暗な斜面に向かって放尿した。長い長い放尿だった。背筋に震えが走り、全身から力が抜けそうになった。

斜面から流れ落ちる尿が、杣道に流れ始めた。すると瓜坊が寄って来て、ぺちゃぺちゃと舐め始めた。「ばか！」と足で軽く蹴って、止めさせた。こいつも喉がからからなのだ。放尿を終えると、ポケットからペットボトルを引っ張り出した。もう片方の軍手も脱ぎ、手のひらに窪を作り、緑茶を注いだ。瓜坊の口許に持って行くと、ぺちゃぺちゃと舐めた。三度飲ませた。もっと欲しがるのを、抱き上げて止めさせ、ジャンパーから卵を取り出した。慎重に手のひらの窪の上で割り、瓜坊に飲ませた。

瓜坊を地面に座らせると、軽トラの荷台の幌を抱え、闇に慣れた目で、杣道を上って行った。真っ暗な中、滝音が高まった。崩落した箇所の手前には、石や岩がごろごろ転がっていた。大きめの石を拾い始めた。幌を広げ、拾った石を乗せて行った。ある程度溜まると、幌を包み袋状にして、くくり罠の木の近くまで引っ張って行った。一度の運搬で、四十キロ分の石と計算した。六回往復すると、木の根元に石の小山が出来た。二百四十キロ分の石が集まった計算だ。

四つん這いになり、崖際まで這って行き、奴の足からロープを外した。その際、ぐぐぐと唸って、脚を蹴り上げたので、体力的にはまだ猶予があると信じた。次に倒れ掛けた木と、隣の木に渡してあったロープも外した。ロープを輪に纏めて、右肩に担いだ。幌を荷台に取り付けていたゴムひも全てと、卵を二個ポケットに押し込むと、しっかりと立つ隣の木にしがみ付き、攀じ登って行った。噛まれた右足の踏ん張りが効かないので、両膝で幹を挟みながら、ずりずりと登って行った。

地上から三メートル程に、崖側に張り出している、やや太い枝があり、そこを目標とした。計画の確信が、木に登る力を生んだ。目標の枝に登り切ると、ポケットからゴムひもを引っ張り出し、幹との付け根から、枝にぐるぐると巻き付けて行った。全て巻き終えると、三十センチ程の幅になった。ポケットから慎重に卵を取り出すと、幹にぶつけて割り、手のひらの窪に落とした。一度握ってぐちゃぐちゃにすると、枝に巻き付けたゴムに擦り付けて行った。もう一個も同様に擦り付けた。星明りに、ロープがコバルト色に見えた。枝に巻いたゴムの上に掛かるようにロープを乗せて、崖側に垂らして行った。

木を下りると、枝から垂らしたロープを引っ張り、長く伸ばした。伸ばしたロープの先を充分に余らせ、途中を根元に一重させ、縛り付けた。その余らせたロープの端を、ズボンのベルトループに通して行った。通し終わると、しっかりと輪に縛った。次にロープの反対の端を右手の手首に巻き付けた。奴に緑茶を飲ませたいと思ったが、方法が思い浮かばない。卵を一個ポケットに入れ、やたらと寄って来る瓜坊を抱き抱え、道の山側に座らせると、ぐいっと一度頷いて、崖際に這って行った。

ワイヤーが食い込んでいる奴の脚は、蹄が半分食い千切られ、血が固まっていた。ワイヤーの食い込みは骨にまで達しているようだ。自分の体重が再び加わることで、ワイヤーが外れてしまう恐怖を感じたが、計画を信じて、奴の脚を掴むと、足を下にして、獣の胴体を抱き締めながら、奴の頭を目指して下りて行った。目に染みる獣の臭いも、再び襲って来た蚤の痒みも、計画の一部だったので、歯を食い縛って耐えることが出来た。奴が大人しくしていてくれるので、助かる。

奴の首の下に腰が来るまで下りると、ロープがぴんと張って、体が安定した。奴の胴を抱き締めながら、手首からロープを外した。外した手で、ポケットから卵を掴み出した。意を決すると、奴の背中の上で、体を反転させて行った。ベルトループに通したロープが、思いっきり腹に食い込んで痛い。頭を真下にすると、尾てい骨にロープが食い込んで、涙が出そうになった。思いっきり腕を伸ばして、奴の口に卵を押し込んだ。がりっと割れる音がして、ずずずっと吸い込んだ。垂らしていたロープを、奴の前脚の胸の付け根から廻して、胴を一周させた。そのまま縛り付けようとして、思い留まった。ロープの食い込みが、奴の心臓を圧迫してしまうかも知れない。前脚の手前、喉側から首に掛けて、もう一周ロープを回し、男結びで縛り合わせた。

再び奴の背中の上で、体を反転させると、逆さまから解放されて、頭がくらくらした。視界の端に銀の粉が飛ぶのを、何度も深呼吸をして消した。落ち着くと、ベルトループに通したロープを掴んで、崖上に戻った。

気が削がれぬ内に、ベルトループからロープを外し、幹の根元に縛り付けたあった部分もほどいた。これで一本のロープの一方の端が、奴の胴体に結ばれ、崖から張り出した枝に、ほぼ垂直に掛けられ、ロープの逆の端が枝から垂れている状態となった。

寄って来る瓜坊を手で追い払い、幌を道いっぱいに広げた。半分に折り、左右のゴムひもを通す止め穴が、重なるように合わせて行った。重ね合わせた穴は四つ、端から穴にロープを通して行った。全ての穴に通し終わると、幌を蛇腹にして、ロープを締め付けると、ロープ同志を縛り付けた。猪と繋がったロープの逆側が、巨大な三角巾となった。
そこまでの行程で、一気に疲れが出た。膝を付き座り込むと、寒気が襲って来た。がちがちと鳴る歯が、別人のもののようだ。酷使した両腕が、バーベルのように重い。寄って来た瓜坊を抱くことも出来ない。
歌だ。「ふるさと」だ。一番の繰り返しだ。がちがちと歯が鳴って、声が出ない。鼻歌にすらならない。縦に首を振ることしか出来ない。
う・さ・ぎ・お・い・し
か・の・や・ま
一文字ずつ声にはならないが、節を付けるように、頷き続けた。
首だけの頷きは徐々に頭の振りに広がり、肩、背中と広がり、気が付くと、上半身を激しく前後に振り続けていた。

08:30 PM

谷から見える星の数が、急激に増えたように感じた。立ち上がると、三角巾とロープの結びを確認した。どれだけの重さに耐えられるか分からないが、やるしかない。拾って来た石の中から、比較的平たいものを選ぶと、くくり罠のワイヤの所に運んだ。ジャッキも運んだ。ぴんと張ったワイヤーの接地部分の隙間に、一番大きくて平らな石を敷くと、石の上にジャッキを据えた。ジャッキ棒を設置し、がちがちと持ち上げて行った。ジャッキが上がり切っても、思った程ワイヤーは持ち上がらない。持ち上げているジャッキの横に、石を積み上げて、ワイヤーに届かせた。これでジャッキを外しても、今の高さをキープ出来る。再び敷き石を崖側に移し、大きめの石を積み上げて高くした。ジャッキを据えて、持ち上げた。同じ作業を五度繰り返すと、倒れ掛けた木からジャッキまでのワイヤの張りが、地面と水平になった。

場所を移動し、今度は積んであった石を、次々に三角巾の中に入れて行った。ある程度溜まると、三角巾を崖の際まで押して、ゆっくりと谷に落とした。ロープがぴんと張り、掛けてある枝のゴムとロープが擦れて、きゅるると鳴ったが、奴と繋がっているロープに、変化は見られなかった。

後は三角巾に石を入れて行くだけだ。ここで誤算が生じた。ロープが長過ぎたのだ。計算では三角巾の位置は、崖の際より高いはずだった。ところが実際は、際より下になってしまった。石を入れるには、崖際ぎりぎりにまで寄って、尚且つ、下向きに手を伸ばさなければならない。闇に慣れた目に、谷は深かった。もはや、体を縛り付ける安全ロープも作れない。三角巾の隙間に石を投げ込むのも駄目だ。バランスが崩れて、どちらかの穴から石が滑り落ちてしまう可能性がある。石は置く場所を一個一個考えながら、慎重に積んで行かなければならない。

崖際に石を運び直し、腹這いに寝そべり、肩から先を崖から出し、焦らずに石を三角巾に積んで行った。辛く地道な時間が過ぎて行った。計算では、三角巾に積む石が二百キロを超えた所で、枝に巻いたゴムと潰した生卵の滑りが滑車となり、奴が吊り上って来るはずだった。

　軍手を着けた手が重く、何度も石を谷に落としそうになった。滑りを考慮して、軍手を脱いで、素手で作業を進めた。石を重ねる時、何度も指を挟んでしまい、血豆が出来た。石を鷲掴みにしなければならないので、指の関節が軋んだ。

　あまりに手が痛いので、星明りで確認すると、右手の手のひらの皮が、べろりと剥けていた。痛みで石を掴むことが出来ない。少し休憩しようと座り込むと、瓜坊が寄って来た。抱き抱える力が無く、膝の上に乗せると、血の匂いがするのか、右の手のひらの皮が剥けた場所を、ぺろぺろと舐め始めた。ざらついた舌が最初は痛かったが、段々と気持ち良くなって来た。ペットボトルを持ち上げて蓋を外し、左の手のひらの窪に注いで、瓜坊に飲ませた。自分も一口飲むと、瓜坊を下ろし、再び作業に没頭した。

　手のひらの痛みは半減していて、かなり作業が楽になった。崩落現場から運んだ石も、目に見えて少なくなって来た。それでも奴は上がって来ない。もっと石を見つけて来なければと、起き上がった時だ、瓜坊が無言で駆け寄って来た。抱き締めると、山の急斜面の上の方で、がさがさと闇が鳴っていた。一箇所では無く、そこここの闇が鳴っていた。杣道の奥と手前からも、微かな音がする。ぐっと闇を睨み付けると、星明りに獣の目が光った。野犬だ。それも群だ。奴の血の臭いを嗅ぎ付けたのだろう、囲まれてしまっている。頃合いを見て、一気に襲って来るつもりだ。

　全くの想定外の状況に、頭が真っ白になってしまった。作業中に襲われたら、一溜まりもない。考えろ、考えろ。源さんならどうするだろう。先ずは喉の渇きだ。ペットボトルの蓋を外して、一口飲んだ。ぐっと落ち着きが戻った。

次は歌だ。犬は視力が弱い。臭覚と聴覚で行動する。未知の音を聞かせることで、危機感を助長させられるかもしれない。元気のある歌だ。これしかない。

　　ぼくらはみんな生きている
　　生きているから歌うんだ

（やなせたかし作詞『手のひらを太陽に』より・JASRAC 出 2102036-101）

再び腹這いになり、残りの石を積み出した。石を両手で摑み、がちがちとぶつけ合って、音を立てた。

　　ぼくらはみんな生きている
　　生きているからかなしいんだ

石を積み重ねる際にも、わざと大きな音を立てた。腹這いの状態だと上手く歌えないが、出来るだけ大きな声を出した。

　　手のひらを太陽にすかしてみれば
　　まっかに流れるぼくの血潮

焦りが力を生んだ。無茶苦茶な音程だが、気にせず、叫ぶように歌い続けた。

　　ミミズだってオケラだって
　　アメンボだって

石が尽きた。立ち上がった。崩落現場に取りに行く猶予は無い。一層声を張って歌った。野犬の群は距離を保ち、こっちを窺っていると感じた。

　みんなみんな生きているんだ

　　友だちなんだ

これしかない。計画を信じた。細部の検討も完璧だ。大丈夫だ。枝が折れる光景が一瞬頭をよぎったが、躊躇は無い。

　崖から跳んだ。三角巾にしがみ付いた。きゅるるるると枝が鳴り、体が一気に下がった。岩壁で視界が遮られた。崖の上で地鳴りがした。奴が戻ったのだ。

　痛む手でロープを握ると、一気に上った。喜びが力を生んだ。杣道に立つと、闇を張り裂くような強烈な獣の臭いがした。圧倒的な臭いだ。存在そのものだ。

　胴のロープを外そうと駆け寄ると、横向きに倒れていた奴が、がばりと起き上がった。目につんと染みる臭いに、押し返されそうになった。左目に突き刺さったドライバーが、星明りに鈍く光った。引き抜くと、余計に傷を深くすると思い、そのままにした。木の根元に置いてあったペットボトルを掴むと、蓋を外し、奴の口に突っ込んだ。ペットボトルを傾けると、緑茶が流れ込み、ごくごくと飲む音がした。半分程飲ませると、引き抜いて蓋をして、木の根元に戻した。既に前脚に身を擦り付けている瓜坊の頭を撫でると、奴の体の下に潜り込んだ。野犬が襲って来ても、奴が防御してくれると信じた。いや、甘い考えだ。長時間、逆さまに宙吊りになっていた奴が、正常に戻るまでにはまだ時間が掛かる。現に体が左右に揺れ、脚がわなわなと震えている。立っているのが精一杯なのだ。

先ずは後ろ脚のワイヤーを外しに掛かった。骨にまで食い込んでいる為、肉に埋まってワイヤーが見えない。木の幹と繋がっている部分に弛みを付け、脚に向けて押し込むように、何度も動かしてみた。すっかり麻痺しているのか、奴が痛がらないので助かる。徐々に食い込みに緩みが生まれて来た。肉から浮き出して来たワイヤーの隙間に、人差し指を突っ込むと、一気に広げた。輪を引き摺り下ろすと、脚から外した。

一度作業を止め、野犬の群に注意を向けてみた。道の前後ろ、山の斜面にぎっしりと目が光っていた。そこここで唸り声がする。血の臭いに凶暴化した唸りだ。

今度は奴の背に手を掛け、縛り付けたロープを外しに掛かった。三角巾の石の重みで張り切ったロープは、がっちりと結び付いてしまい、簡単にはほどけそうもない。ナイフがあれば切ってしまえるのに、代用品さえ無い。凶暴化した野犬の群の唸りが、一層大きくなった。斜面の枯葉を踏む音も、どんどん近くなっている。

転がっていた石を二つ拾い上げ、両側からロープを叩いた。ごんごんと、石の角同志をぶつけ合わせた。石をぶつけ合う音に、野犬の唸り声が弱まった。少しは時間が稼げるかも知れない。ロープに凹みが出来て、僅かだがささくれ立って来た。しかし、切断には程遠い。

その時、奴が吠えた。ぐぉーと、雷鳴のように吠えた。谷の闇全体に響き渡る大きさだ。驚いて倒れそうになり、ロープを握って耐えた。野犬たちの唸り声も止んだ。瓜坊もうずくまってしまった。

三度続けて雄叫びを上げると、全身をぶるぶると震わせた。蝿と蚤が飛び散って全身に当たった。顔が痛い。

ひとしきり身を震わせると、不意にこちらに顔を向け、がばりと口を開いた。血の臭いと、生暖かい息が広がった。（噛まれる）と思った瞬間、牙が襲って来た。ロープを握ったまま、身動きひとつ出来ずにいた。奴が飛び上がった。どこにそんな力が残っていたのか、脚の傷など無いかの如く、高く跳ねた。奴の牙が、垂直に張られたロープを襲った。がくっとロープに噛みついた。握った手の数十センチ上だ。恐ろしさに手を放すことすら忘れた。ロープを噛む奴の上下の歯が、異常に白く見えた。一瞬だった。石を詰め込んだ三角巾が落ちて、谷底に当たる音がした。鋭い歯の切れによって、ロープが切断されたのだ。

張りを失ったロープを握り締めていた。恐怖から解放された。すでに奴は、瓜坊の顔をぺろぺろ舐めている。胴に二本ロープを巻き付けた姿は、オブジェのように見えた。ロープから手を放した。

「帰るぞ！」

星空に向かって叫び、奴の胴体からロープをほどいて行った。だらりと垂れたロープは、簡単にほどけた。野犬の群は、慎重にこちらを窺っている。ほどいたロープの先に、石を縛り付け、武器を作った。ジャッキから棒を外した。野犬に恐怖を感じなかった。たった一個残っていた卵を割ると、手のひらの窪に乗せ、瓜坊に飲ませた。ロープを右手に、ジャッキ棒を左手に握ると、立ち上がった。

「久恵！　葉子！　胡桃！　浩一君！」

歌ではなく、名前を叫んでいた。妻の名前を口にするなんて、何十年ぶりだろう。奴の前に、背中を向けて立った。

「久恵！　葉子！　胡桃！　浩一君！」

婿だけを君付けで呼ぶ自分が可笑しく、げらげらと笑った。がさがさと斜面の音が下りて来た。杣道の前と後ろから、唸り声が迫って来た。右手のロープをぐるぐる回した。昔、テレビの日曜洋画劇場で観た、ジョン・ウェインを思い浮かべた。左手のジャッキ棒の構えは、椿三十郎だ。

「久恵！　葉子！　胡桃！　浩一君！」

躊躇せず、杣道を下って行った。後ろから奴が付いて来るのが分かった。きっと瓜坊を股の下に匿っているのだろう。

「久恵！　葉子！　胡桃！　浩一君！」

斜面から飛び掛かって来た影を、ジャッキ棒で袈裟斬りにした。後ろで、奴に噛み付かれた野犬の上げる悲鳴が聞こえた。前から走って来た唸りに、石付きのロープを振り下ろした。石を振り廻し、ジャッキ棒をひゅんひゅんと鳴らしながら、突き進んでいった。二匹目、三匹目までは、手応えがあった。それ以降は、何も感じなくなった。左右の手を、唸り声に振り下ろしているだけだった。

早まる足を、止めることが出来なかった。銀色に見える杣道を下っていた。ぜいぜいと肩で息をしていた。不意に、左右の手が重く感じられた。どんと音を立てて歩みを止めた。余りにも静かな谷だった。すでに野犬の群は、消えていた。

奴の気配がしない。振り向くと、十メートル程離れた杣道で、二頭は佇んでいた。なぜ止まっているのか、分からなかった。当然、付いて来るものと信じていた。そうか、山が奴らの棲家なんだと、当たり前のことに気付いた。

左目に刺さったドライバーが、星明かりで鈍く光った。抜かなければ。目から抜いてしまわなければ。使命感から、足が勝手に動き出した。よろよろと二頭の元に近づいていった。鋼鉄のような獣の臭いに、押し返されそうになった。ぐっと足に力を入れて踏み出そうとした瞬間、右足に激痛が走った。踝《くるぶし》がぬるぬるする。噛まれた傷から、血が流れているようだ。

二頭は動かずにいる。歯を食いしばって、右足を引きずりながら、近づいて行った。奴の股下に坐っていた瓜坊が、くうんと鳴いて、こっちに来ようとしたが、奴が顎を下げて、押しとどめた。何も出来なくなった。一歩も足が動かなくなった。折れそうな幹のように、ぼんやり二頭を見つめていた。

不意に奴が口を開いた。がばっと開いた。赤黒い喉の奥までを露わにして、吠えた。崖の草木が震え、杣道の石が震える程の声を上げ、こっちに向かって来た。しかし、分かっていた。途中で止まることを。決して噛みつかないことを。五メートル手前で奴は止まった。ジャッキ棒と石付きのロープを投げ捨てた。ぐいっと一礼した。両手を脇に付けて、九十度に腰を折り、奴と瓜坊に向かって頭を下げた。

（元気で）

心の中で声を掛けた。

（ありがとう）

くるりと背を向けると、奴は瓜坊を促して、杣道を上って行った。山奥に向かって、ゆっくりと上って行った。闇に向かって、消えて行った。

（帰らなければ。みんなの元に、帰らなければ……）

走り出した。前のめりになりながら、崖沿いの杣道から、杉林の道に駆け込んだ。真っ暗なはずの杉林の中は、海の底のように薄青かった。道はもっと青っぽく見えた。足の痛みも忘れていた。一時も早く戻りたかった。

不意に杣道から林道に抜けた。ぜいぜいと肩で息をしながら、軽トラのドアに手を掛けた。鍵を掛け忘れていたドアは、がくんと開いた。

（ごめん。今までのことを許してくれ……。いや、許して下さい）

ポケットの中から、鍵の束を引っ張り出した。軽トラのキーと、ログハウスの鍵だ。どちらも、冷え切っていた。痛いくらいに強く握り締めた。掌がずきずきと痛むほど、握り続けた。鍵の束に温もりが戻った。痛む掌から、希望が湧いた。今なら、素直に謝れる。妻と、娘と、孫と、義理の息子の顔を思い浮かべた。みんな笑っていた。

（すぐに帰るから！）

がちがちとキーを差し込み、回した。ぐぐぐと、エンジンが掛かった。痛みを忘れた足で、アクセルを踏んだ。軽トラが動き出した。

佳作　（小説）

ライトからきてくれて

西山《にしやま》　俊太郎《しゅんたろう》

八時四十分。試合が始まる二十分前だった。

グランドにキャッチャー防具を身につけた子が一人空を見上げていた。三塁ベンチ前に帽子をとって一列に並んだユニフォーム姿の子どもたちがいた。

「しまった」ギリギリだ。せめてノックが始まる前にはグランドに着いて……、と思いながら家を出たつもりだった。ノックの開始時間が予想よりも早かった。

キャッチャーフライをとるとノックが終わった。ベンチ裏で今か今かと待機していたお父さんたちが一斉に動き出した。木製のトンボを片手にグランドに散って行く。

北川は乗ってきたマウンテンバイクをグランドのフェンスにたてかけ、ロックを掛けた。グランドにつながっている金属製の階段を転ばないように注意しながら、駆け下りた。北川は一本だけ残った錆付いて金具の取れた鉄製のトンボを手に取って続いた。

グランド整備はなんとなく役割が決まっていた。ピッチャーを昔やっていたお父さんが注ぎ口の細いジョーロとトンボを持ってマウンドに向かう。子どもの歩幅に掘られた浅いくぼみを丁寧にならし、固める。別のお父さんはラインカーをもってバッターボックスの線を丁寧になぞる。

北川も一つのピースになるべく、トンボをもって内野をならす列の後方に並ぶ。北川がいようがいまいがそんな光景は進んでいく。歯車の一つになりグランドを何度も川の字に往復する流れにのっかる。あっという間に子どもたちのスパイクの跡がならされていった。

北川はトンボを片手でひきながら三塁側のベンチに目をやった。子どもたちがベンチ前に丸く輪になって集合していた。監督が真ん中に立っていた。両手で身ぶり手ぶりを交えながら子どもたちに話しかけていた。

今日は兎太郎《うたろう》の出番はあるのかな？　トンボをベンチ裏の壁に立てかける。グランドを振り返ると、内野がきれいに川の字にならされていた。バッターボックス付近ではライン引きは終わっていなかった。ラインカーを押すお父さんも決まっていた。線を引くだけなのにセンスが必要だった。皆がやりたがるわけでもなく、自然とやるお父さんが決まっていた。ラインカーを両手に持ち真剣なまなざしで縦横の線を引いて行く。慎重に慎重にラインカーを押して行く。その姿はまるで職人のようだった。ラインカーのお尻からフサフサと白い石灰粉が落ちていった。

各々が自分自身の役割を誰に言われることもなく見つけて率先する姿は、何か近寄りがたい雰囲気があった。

役割を終えたお父さんたちがバックネット裏のベンチにずらっと一列に陣取っている。おそろいの紺のTシャツ。左胸には波を打ったような「M」の字がプリントされている。紺色が剥げた帽子をかぶっている人が数人いる。Tシャツや帽子のはげ方は一様でない。劣化が激しいのは上のお兄ちゃんから少年野球をやっているお父さんたちだ。

ネット裏に三列に配されたベンチ。北川はおずおずと後方端に腰を掛ける。そこが北川の定位置だった。隣にはいつものように新川さんが座っていた。

他のお父さんたちがそそくさと立ち上がる。バックネット裏にある駐車場へ向かう階段を上って行く。残されたのは北川と新川さん、他二〜三人だった。駐車場に設置された喫煙所にタバコを吸いに行くのだ。タバコを吸わない北川と新川さんはベンチ端が指定席だった。

新川さんは野球経験がなかった。新川さんの息子はお世辞にも上手いとは言えなかった。北川の息子である兎太郎とどっこいどっこいだった。新川さんの息子がライトの前半に出場。兎太郎がライトの後半に出場。二人で一人の存在だった。

高校やプロでは最近は左の強打者が増え、ライトといえば守備範囲も広く強肩のイメージが定着してきた。けれども小学校レベルでは下から数えて一番目か二番目が守るポジションであることは昔と変わらなかった。幸い「みをつくし野球少年団」は選手みんなを均等に出してくれる。新川さんの息子が四回までで、兎太郎が五、六、七回がいつものパターンだった。

兎太郎が試合に出られるようになったのは四年生からだった。五年生で初ヒットをうち、六年生になって二本。三年間で計三本のヒットを打った。平均すると一年に一本。貴重なヒットだった。ヒットを打った日はお祝いで回転寿司に家族で行った。ビールを飲みながらヒットの感想を兎太郎に聞く。それが北川の最大の楽しみだった。

「今日の試合で一区切りだね」新川さんが言った。

「そうですね。中学でも野球をやるのかどうかなあ。やってくれるといいですけど、やってもね。うちの息子は試合に出られるかどうか」

「うちは野球はもう終わりだね」新川さんは言った。

「中学に入ったら違う部活に入りたいと言っていた。上にいくほど厳しくなるからね」

「現実は厳しいけど、一応高校で形だけでも甲子園を目指すぐらいまでやってくれると……」

北川は高校を卒業して以来、甲子園の季節になっても積極的にテレビをつけようとはしなかった。兎太郎が野球をやるようになって、また「甲子園」を見るようになった。十五～六年ぶりのことだった。ここ最近の甲子園を見ていると気が付くことがあった。

「夏の甲子園に一年生の名前が結構ありますよね。一桁の背番号の子もちらほらと見かける。自分たちが高校生のころに一年生で甲子園にでるといったら桑田、清原しか思い浮かばなかったですよね」

夏の甲子園の一年生なんて数か月前に入学したばかりの中学生と同じだった。なのにレギュラーなんてありえなかった。桑田、清原なんてどこか別の世界の人間だった。別世界の人の呼称だった。

北川が高校生の頃、一年生と三年生との差は歴然。技術、体力、体つきとその差は圧倒的だった。いや、それ以上に圧倒的だったのは関係性だった。上と下。上下関係の中で三年生がいるうちにまともに練習した記憶はない。ましてや一年生が三年生に交じってプレーするなんて考えられなかった。

三年生がいる間はフリーバッティングで球拾いをして、ノックの時はグランド外で大声を出して、それが一年生の役割で、存在意義だった。

「最近の甲子園で見る一年生の体格はすごいですよね。これが一年生？　って思うぐらい。三年生と比べても見劣りしない子がごろごろいますよね」

昔は三年生のメンバーに二年生が一人か二人入っていたぐらい。今は半分近くが二年生っていうチームも珍しくない。野球人口が減って、三年生の人数が少ないから一年生や二年生がベンチの中に入っているというわけではない。

甲子園に出てくる強豪校が一学年二十人にも満たないわけがない。想像するにベンチに入れない三年生がどれだけいるのだろう。ベンチに入っている一年生、二年生は年度がかわれば、その子たちがそれぞれ次の学年でも主力になっていく。

「試合に出られる子はずっと出続けて、出られない子は三年生になってもずっと出られない。うまい子だけがずっと試合に出続けることになりますよね」

限られた選手がずっと試合に出るので表面的な高校野球のレベルは確実に上がっているのがわかる。

〝能力のある者だけが、評価される〟

社会に出て年をとるごとに感じている厳しい現実が高校生の中にも浸透している。

社会全体が効率化し、時代を追うごとに能力主義が世の中を覆っている。子どもたちの世界も早い段階から能力がある者が台頭してくる時代になってしまった。

「強豪校も昔より確実に上下関係は緩くなっているらしいですよ。昔の上下関係は言葉では言い表せないほど理不尽だったですから」

社会の年功序列制度が崩れているように、野球に関しても上下関係よりも能力が最優先されるようになった。北川が社会に出て少しずつ感じてきたものを、今、目の前にいるこの子たちは数年後感じるようになる。社会の厳しさという言葉で表現されてきたことを。そう思うと、この少年団でやっているこの時間の一瞬一瞬がとても貴重なものであると感じる。

「上下関係なんて厳しく理不尽に思っていたけれど、弱いものも年を重ねれば強くあれる。理不尽だけれど、見方をかえると、ある意味年をとればある程度平等に機会を与えられる。そういう仕組みだったんですね」

今の時代の高校野球のほうが厳しい現実なのだ。

タバコ組がチラホラとネット裏のベンチに戻ってきた。もう試合が始まるようだった。ほとんどのお父さんが帰ってきて席に着いた。

北川はそっと席を離れた。バックネット裏の階段横にあるトイレに向かった。

先発で出る子どものお父さんは当然試合が始まる直前に息子の一挙手一投足を見守るために席に着く。兎太郎は先発で出ることはない。がらんとしたトイレにこのタイミングで席を立つのが北川のルーチンだった。

設置されていたのは簡易型のトイレだった。ジャージのズボンの前側を左手でおろす。少し勢いが弱い。便器に向かっている北川の背中越しに「お願いします」という元気のいい声が聞こえた。「みをつくし野球少年団」十四名と相手チーム十三名の計二十七名が奏でる唱和が坂下グランドに響き渡った。


「最後の練習試合は同等より少しチーム力の劣るチームと組んでいるらしいよ」新川さんが言った。

大会前の最後の練習試合は接戦を演じて勝って勢いを付けたい。でも考えるところは相手も同じだから目論見通り接戦になって、一昨年はサヨナラ負け。たしか去年は三点差を付けられて負けた。

「今年は勝って少年団最後の大会にのぞめたらいいですよね」


今年のチームのエースは兎太郎の同級生でもある黒田拳喜だった。手足が長く、しなるような右腕。きれいなフォームからボールがキャッチャーミットに吸い込まれる。誰かに教えてもらったわけでもない。小学校一年生の時から変わらないフォームだった。

野球センスというかピッチャーの資質については高いものがあるというのが、お父さんたちの意見で一致した見解だった。ストライクが入ればまず打たれることはなかった。

しかし、天は二物を与えないのか、しなやかなフォームで放たれる球はばらつきがあった。構えたミットに吸い込まれるような球とバッターの顔付近にぶっ飛ぶ浮き球との割合が半々だった。

　拳喜は一回から四回まで六個のフォアボールを出しながら、押し出しとエラーがらみの三失点で「粘り強く」投げていた。五イニング目。一人、二人、三人、四人目もフォアボールを出した。押し出しで1点。

　十個目のフォアボールに、内野の仲間たちはそっぽを向いていた。まだノーアウトだった。誰か声をかけて間合いをとってあげて。北川は思った。

　もうピッチャーを替える頃合いだった。周りのお父さんたちも言葉を選びながら、交代した方がいいという雰囲気だった。お父さん同士も気をつかいながら和やかに観戦していた。

　新川さんも「球数も投げているし、そろそろかね」と、北川にささやく。

「三振も十個もとっているし、右バッターの外角低めにきまるストレートは中学レベルでも通用するよ」父母会長のお父さんが誰に言うでもなく言った。

　そんな雰囲気を受けて、拳喜のお父さんが、「またみんなに迷惑をかけて……、まだまだ力不足です」申し訳なそうに答える形になった。バックネット裏がやや微妙な空気の中、ベンチをちらっと見るが、監督とコーチが動く気配はなかった。監督はマウンドにいる拳喜をじっと見つめていた。

「今日は監督、替える気ないのかな」

「七回まで行く？　んですかね」

「まだ三インニングあるからね」

一皮むけてほしい。そんな気持ちなのかな。本番に向けて二番手を使って継投のタイミングをとる方が現実的という考えもある。けれど拳喜のあのストレートがビシバシ決まれば県大会優勝も夢ではないという期待もあった。他のお父さんたちもスタッフになったつもりで、それぞれ議論していた。

拳喜は空を見上げて気持ちを切り替えようとしていた。

「やっぱり誰かタイムをとってやってほしいな」誰かがそう言った時だった。

セカンド後方、ライトから斜めに横切ってくる人影があった。ピッチャーマウンドに向かって走って行く。タイムはかかっていなかった。

主審がライトからの人影の動きに気が付いた。キャッチャーの後ろから外れて大きく手を広げた。主審の視線はライト方向に向いていた。北川もそちらに目を向けた。

「兎太郎……」

あれ？　いつの間に出ていた？　ライトからマウンドに走ってきた人影は兎太郎だった。兎太郎は拳喜のいるマウンドに到達した。二人はマウンドで何事か話していた。

兎太郎は大人の選手のようにグローブで口元を覆っていた。目元は笑っていた。サード、ショート、セカンド、ファースト、内野手はじっと見ているだけだった。誰も集まってくる様子はなかった。キャッチャーもただなす術もなく眺めているだけだった。

不思議な間だった。誰も何も声をかけずただ兎太郎と拳喜を静かに見守るだけだった。

そんな光景を見たのは二度目だった。いや正確に言うと一度目は、振りかえるとピッチャーマウンドに駆け寄ってくる人の姿をこの目で見たのだった。


拳喜は最初硬い表情だった。頬や目が少しずつ緩んでいくのが分かった。二人はやや前傾姿勢になりながら、両肩を交互に回し出した。くにゃくにゃとした両腕を動かしていた。新川さんが「マエケン体操か」とつぶやいた。

北川は急いで足元に置いてあったリュックからカメラを取り出した。右上にあるスイッチを右にまわしてオンにした。カメラをマウンド方向に向けてシャッターを半押しする。

〝ピピ〟っと音がしてピントが合う。カメラのファインダー越しに息子を見て、何回もシャッターを切った。カメラは常に連写モードになっていた。

すらりと小学生の中では高い方の拳喜。チームの六年生の中では一番小さい兎太郎が並んでいる。兎太郎が何事か言い、拳喜がやや斜め下を見ながら二度三度うなずいている。

二人を同時に入れたり、それぞれアップにしたり、何枚も撮った。次第にファインダーがぼやけてきた。何度ピントを合わせようとしても合わせられなくなった。

兎太郎が野球を始める前、北川は自分のやってきた野球のほとんどを記憶から消していた。兎太郎が成長するごとに野球の記憶が少しずつ蘇っていた。今、ライトからきた兎太郎の姿を見て、再び二十二年前のある記憶の糸がほどけた。

北川が小学生の頃だった。四年生だった。北川は「みをつくし野球少年団」の一期生だった。創設初年度、四年生から六年生の団員が募集された。各学年数人の入団希望があった。

あの頃、本格的に野球をしていなくても、ボールを投げたことがない、バットを振ったことがないという子どもは一人もいなかった。テレビゲームの元祖であるファミコンがちょうど出始めた頃ではあった。どんなに運動神経が悪く、外で遊ぶのが嫌いな子でも必ず休日には野球にさそわれた経験があった。プロ野球中継を見て自然とルールを学んだ。バットを振って三塁側に走って行く子どもなんていなかった。

北川は小学校に入ってから常に一番後ろに並び、誰よりも背が高かった。休日に友達が集まってやる野球はゴムボールを使ったり、黄色くて固いテニスボールを使ったりした。時には軟式ボールも使ったが、よほど広いグランドで周りに気兼ねなく野球ができる環境が整わなければ使わなかった。

だからバットもボールに合わせてプラスチックバットを使ったり、ボロボロの木のバットを使ったりした。金属バットは飛びすぎるのが怖くて軟式ボールを打つ時以外は出番がなかった。道具はなんでもよかった。あるもので工夫してやっていた。

北川は背が高いという理由だけでピッチャーに指名されることが多かった。キャッチャーの構えたところにいかなくても、みんな打ちたい打ちたいで、ボール、ストライク構わず振っていた。バットに当てて前に飛ばなきゃ試合にもならないし、面白くなかったから。

北川は体がみんなよりも大きかったせいか、ボールがバットに当たった時は外野の頭を越して行った。周りから「うまい」と言われ、野球が好きになった。だから、「みをつくし野球少年団」が結成され、学校で募集のチラシが配られた時は、なんて自分はラッキーな年に四年生になったんだろうと大喜びした。


当然、「みをつくし野球少年団」に入ってからも体が大きかったのでピッチャーに指名された。四年生の時は外野で試合に出場していたが、六年生になったら絶対エースになれると思っていた。

北川は六年生になった。身長は同級生の中で一番大きかったが、成長は止まり、少しずつ周りとの差がなくなっていった。それでも北川はそれまでの流れでピッチャーに指名され続け、最後の大会でもピッチャーとして投げていた。体の大きい分そこそこ早い球は投げられていたが、ストライクを入れることができなかった。

力を入れて腕を振れば球は高めに浮くか、指にひっかかってキャッチャーミットの手前でワンバウンドした。加減すれば余計に球がどこへ行くかわからなかった。投げれば投げるほどひどくなった。

練習の時、何度も何度も腕を振る動作をゆっくり繰り返したが、やればやるほど腕をどうやって振るのが正しいのかわからなくなった。四、五年生のうちはボールがバッターの肩付近に行っても、膝下に行っても振ってくれる子が何人かいたので、だましだましピッチャーを続けることができた。六年生になると、ストライクゾーンに投げないとバッターは振ってくれなくなった。

監督の口癖はマウンドにいる北川に「一人相撲するな」だった。

最初は監督だけだった。次第に北川がフォアボールを出すと、ナインからも「北川ヒトリズモウするな」と言われるようになった。

北川はそのたびにマウンドでゆっくりと右手をふり、確認をした。その動作は自分自身に対するよりも、ストライクは入らないけれど、いつも気にして投げているということを周りにアピールするためのものでもあった。北川はマウンドに上がるたびにびくびくしていた。審判に〝ボール〟とコールされるたびに「一人相撲するな」という声が頭の中をぐるぐる回っていた。


北川にとって少年団最後の大会の試合だった。最後の試合だからといって漫画のように変身できるわけではなく、北川はいつものようにフォアボールの数を重ねていった。

北川は三回を投げ、フォアボールを十個出したところで交代を告げられた。ベンチに戻り、ボォーっと試合を見ていた。その後、四回、五回がどうなってコールド負けになったのか全く記憶がなかった。試合後の整列。ベンチに戻ってきた。

ベンチにあったグローブを手に取り、ベンチの片付けをし始めると隣から聞こえてきた。

「フォアボールを三イニングで十個も出していたのだから……」

「当然だよなぁ」五年生の坂本と江崎だった。

「早く負けてほしかったんだよな。早く終わって遊びたかった」

勝ちたくなかったのか？　そうだよな。出られないのに、こんなつまらない試合に付き合わされて。坂本がそう思うのも仕方がなかった。もちろん何も言い返すことができなかった。北川はそれ以上会話が耳に入らないようにその場をこっそり立ち去った。少年団最後の試合はそうやってあっけなく終わった。

その試合で、ある出来事があったが、その記憶はストライクが入らない自分のふがいなさの陰に隠れすっかり抜け落ちてしまっていた。振り返ればあの出来事こそが北川が野球をやっていて最も尊い記憶だと気が付いたのはもう少し後になってからだった。

中学生でも北川は野球を続けようとした。しかし、中学の野球部は指導する先生がいなかった。グランドは狭く、主にサッカー部と陸上部が使っていた。野球部はジャージでキャッチボールをするだけの部活だった。だから、少年団で一緒にやっていた仲間も野球部には入らず他の部活に散らばってしまった。

野球部に入ったのは北川ともう一人だけだった。同級生は一人だけだった。北川はキャッチボールでもいいから、いつかストライクが取れるようになりたいと思った。中学三年間は試合をすることもなく、ただただグランドの端でキャッチボールするだけで時間が過ぎていった。はたから見れば遊んで過ごしている部活にしか見えなかった。

北川はやっぱり〝ちゃんと野球がやりたい〟と思い、高校でも野球をやることに決めた。どうせやるならしっかりと野球を教えてくれるところに行きたいと思った。

北川は列車に乗って高校に通うようになった。列車は通称「天浜線《てんはません》」と呼ばれていた。正式名称は天竜浜名湖鉄道。新所原《しんじょはら》駅から掛川駅まで。浜名湖西岸から奥浜名湖の北を通り天竜、森町を抜けて掛川へと続いていく。「みをつくし野球少年団」のある細江町が位置していたのは、途中駅である寸《すん》座《ざ》〜西気賀《にしきが》〜気賀《きが》〜金指《かなさし》駅にかけてだった。

天浜線は田園地帯を走る典型的なローカル線だった。二両編成の単線鉄道であった。車窓から見える風景はまさにノスタルジックなものだった。けれども北川がその風景を意識するようになったのは高校の野球部を引退してからだった。高校三年の七月まではそれらの景色がまったく目に入っていなかった。北川は高校に入学するまでほとんど天浜線に乗ったことがなかった。二両編成の車両がガタゴト田んぼ道の向こう側を走っているのを見るだけだった。

天浜線のほとんどの駅の周辺には何もなかった。平日の昼間は天浜線の車内は閑散としている。観光客数人がパンフレットを広げながら車窓からの景色を眺めているだけだった。

全線にわたって列車は雑木林の中を走った。あちこちで鬱蒼とした木々が線路を覆っていた。台風や強風で枝が折れ散らばると、すぐにストップ。倒木でもあれば半日は止まってしまった。

都田《みやこだ》駅の駅舎は桜並木のトンネルになっていた。春一瞬の期間、ピンクに染まった。

宮口《みやぐち》駅から岩水寺《がんすいじ》駅にかけて。空の水色と対照的に真っ白な建造物、新東名高速道路が線路の向こう側に水平にそびえていた。

西鹿島《にしかじま》駅を出発するとすぐ左手に金色のお釈迦様の像が見えてきた。

金のお釈迦様が見えなくなるとすぐに鹿島橋が見えてくる。大きな川。長野県から続いている天竜川である。季節ごとに顔色を変える。春や秋はエメラルドグリーン、モスグリーン。夏はきらきらとした藍色。台風のあとは見事な泥水になる。

二俣本町《ふたまたほんまち》駅のホーム中央付近には「天使の椅子」があった。臙脂《えんじ》色に近い茶色で塗られていた。背もたれが天使の羽になっている。北川はこの椅子を見るたびに父の書棚にあったＤＶＤ「ベルリン天使の詩」を連想した。父にすすめられ一度だけ手に取った。白黒映画で少しだけ観てすぐに眠たくなった。父が言うには「途中からカラー映像になる。ここにこの映画の意味がある」と何回も言っていた。

豊岡《とよおか》駅から敷地《しきじ》駅に向かう丘の上には銀色にピカピカと輝いている建物。正面に「キャタラー」の緑のロゴ。初めて見た時ジブリのラピュタが頭に浮かんだ。

ホーム正面に緑の大木が並ぶ神社の参道がある円田《えんでん》駅。北川はこの駅の雰囲気が好きだった。

北川が入学したのは終着駅の掛川駅から徒歩三分のところにあった柿葉高校だった。

北川はこの柿葉高校野球部、「カキコウ野球部」に入部した。入部してから数週間で膝が痛くて走れなくなった。

中学でもずっと野球をやってきた。いやキャッチボールか。ボールは軟式から硬式に変わった。ボールは重く、硬くなった。バットも重くなった。ボールを投げ、バットを振り、肩やひじが痛くなれば原因ははっきりわかる。けれどもなんで膝が痛くなったのかわからなかった。

ボールやバットのちょっとした重み。その違いが体全体に負担をかけていたのだと今振り返れば思う。スパイクでグランドを走り、部室前のコンクリートも走り、校舎間のアスファルトも走った。足に今まで経験したことのない負荷がかかっていた。ボールを投げるのも、バットを振るのも下半身の踏ん張りあってこその動きだった。

柿葉高校は公立高校だけれど、何度か甲子園に出たことのある名門校だった。もちろん北川は甲子園に出たことを知っていたから選んだ。そんな高校だから、うまい選手がいっぱい入ることも想像できた。たくさんいればレギュラーになれないことも想像がついた。それでも一所懸命に野球のできる環境に身をおければそれでいいと思って入学した。

周りもみんな北川のように何も知らない、ゼロからの出発。同じスタートラインに立っているとばかり思っていた。毎日が必死の繰り返しで、目の前のことしか見えていなかった。北川は「自分は何も知らずに入ってしまった」そう理解できるようになったのは入学して一年以上が過ぎた頃だった。

北川のように何のつながりもなく、声を掛けられたわけでもなくただ入部届を出せば名門野球部に入れると思って入部したのはほんの数人だけだった。シニアリーグやボーイズリーグに所属していた硬球を使ってバリバリやっていた連中が監督に声をかけられて入ってきていたこと。あの頃、中学野球は学校の部活が主で、硬式で野球をやっている連中の存在は、北川にとってどこか遠い国の人だった。高校入学前の春休み、そういう連中はすでに声をかけられて練習に参加していた。

そんなマイナスからの出発でも、テレビドラマなら三年間かけて雑草のように這い上がっていくストーリーが展開されるのだろうが、現実は違った。

それでも二年生になる頃には練習にもついていけるようになり、膝の痛みもなくなった。もしかしたらベンチの一番端ぐらいなら入れるかもしれないと思うようになった時期もほんの少しだけあった。

北川にとって忘れられない同級生がいた。梶田。中学ボーイズリーグ出身。体は小さかったがショートでレギュラーをはっていた。甲子園に行くために中学から硬式をはじめ、「カキコウ」の監督に声をかけられて入学した。入学する前は高校でもやれる自信はあったと梶田は言っていた。でもここに来たらみんな体が大きくて、俺は細くて小さい。やれる自信が日ごとになくなっていったと。北川の中では中学で硬式野球をやるなんてよっぽど上手いやつか、お金持ちかどちらかぐらいのイメージしかなかった。だから梶田もお金持ちで才能のあるやつで自分と話が合うなんて思っていなかった。

梶田と話をするようになったのは係が同じになったからだ。ボール係。練習終了後、ボールの数を数え汚れたボールを汚れたタオルで毎日拭いていた。割と新しいボールと古いボールをプラスチックケースごとに分けた。ピッチング用、ノック用、フリーバッティング用、ティーバッティング用と順々にボロになっていく。それらを管理するのがボール係だった。他にも道具全般を管理する係、グランド整備に関する係、バッティングマシーンを管理する係などがあった。

ボール係は練習後、グランドを囲むスペースを落ちているボールがないか、くまなく探すのがルーチンだった。バックネット裏からテニスコートのある一塁側。グランドと校舎を分ける藤棚下の草むらの中。河川敷とグランドを分けるブロック塀下の草むら。梶田とはよく一緒にボールを探し回った。

ライトのポール奥にトイレがあった。〝疲れたなぁ〟と言い合いながら、どちらともなくトイレに行き、つれションをすることも何度かあった。梶田と一緒に便器の前に並んで話をした。

「梶田は野球部を引退したらどうする？」

「大学には行きたいと思ってる。でもきっと野球じゃ無理だな。勉強も頑張りたいんだ」

「オレも私立文系。三教科だけ頑張って大学に入れればいいなぁ」

「何かになりたいわけでもないけども、本は好きだから文学部に行ければいいかなと思っているけれど。梶田は？」

「工業系の大学に行って自動車に関係する仕事をしたいなと考えている。二年生になったら理系のクラスを選択しようと思っている」

梶田は入部当初、何人かの一年生と一緒に二年生の練習に交じって練習していた。入部したてでどうして監督は一年生のそんな実力を見極めていたのかわからなかった。監督が中学をまわり、声を掛けて入った連中だった。北川みたいに一般入学で入ったどこの馬の骨かわからない選手と区別するのは当然だった。

けれどもどこかの馬の骨と区別されていたサラブレッドであるはずの梶田は伸び悩んでいた。硬球の取り扱いに慣れていて軟式出の他の同級生よりもアドバンテージがあるはずだった。時間がたてばたつほど周りの同級生たちとの差は縮まった。梶田は体が小さく細いままだった。体は小さいままで非力なイメージで次第に上の学年の練習に交じれなくなっていった。北川は自分は諦めていたけれどせめて梶田がレギュラーを取ってくれればと思っていた。梶田が自分の身代わりにレギュラーになって試合に出てくれれば、この野球漬けの日々も報われるだろうとひそかに思っていた。

北川も梶田も二年生になった。四月二十七日。大型連休前だった。じりじりとした暑さの中、重だるいようなモワンとした臭いが微かにするようになっていた。あと数日もするとその臭いはピークに達するはずだった。その臭いが何の臭いなのかわかったのは随分後になってからだった。

初夏に差し掛かる頃、その臭いを感じると自動的に梶田を思い出すことになるとはその時は思ってもみなかった。

その日は、大型連休の遠征にむけて背番号が渡される日でもあった。夏の大会前の最も大事な仮メンバーの発表日だった。十七番までの背番号を勝ちとるためにチームの雰囲気が盛り上がっていたことだけははっきり記憶していた。箸にも棒にもかからない北川はもちろん、梶田もまったく背番号の当落線上にいなかった。

新一年生が入部して大所帯になったカキコウ野球部は活気があった。三年生は最後の夏に向けて入部したての新一年生に力の差を見せつけようとしていた。フリーバッティングは、レギュラー組から打ち始める。次に控えの三年生、有望な二年生がレギュラー組の半分の球数を打つ。本来ならば梶田も有望な二年生に交じってバッティングをしているはずだった。順調に伸びていた同級生の有望株組からおいていかれていた。しかし、守備は無難にこなせ、送球も安定していたのでバッティングピッチャーに指名されることが多かった。

時々、「俺ピッチャーでもないのに一丁前に肘が痛いんだよな。でもまあちょっと加減すればストライクは入るから」と苦笑いしていた。

そう言ってから投げるたびに生気がなくなっていくように見えたのは、日に日に肘の痛みが増していたからだと思う。

北川は外野から三か所並んだバッティングゲージから放たれる球筋を目で追っていた。ゲージの中にいるバッターと何枚ものネットに囲まれた三か所のバッティングピッチャーの動きを交互に見ていた。梶田は一塁側のネットから投げていた。梶田のボールはストライクゾーンの真ん中付近によくコントロールされていた。覇気のない棒球だった。勢いのない球は三年生に気持ちよく打ち返されていた。梶田は感情を見せず、淡々とまるで工場のロボットのように一定の間隔で投げていた。

梶田の目線は常に目の前のバッターに向かっていた。投げ切った身体がやや左に流れた瞬間のことだった。真ん中のゲージからライナー性の打球が梶田の方に向かっていた。真ん中のゲージに対して斜めに置かれた緑のネットが梶田を守るはずだった。しかし、打球はネットを突き抜け梶田の頭部付近に当たった。

「カーン」という音ともに梶田がかぶっていたヘルメットが吹き飛んだ。当たった直後、梶田の体はふわりと浮かび、音もなく地面に倒れた。まるで『星の王子様』の何ページ目かに描かれたイラストのようだった。梶田はそのままピクリとも動かなかった。

無防備な状態で梶田のこめかみ付近に当たった打球。目の前の打者が打った打球なら当たっても何らかの防御姿勢をとれていただろう。けれども左に流れた梶田の目線の中に真ん中のゲージからの打球はまったく入っていなかっただろう。周りからの「危ない」という複数の声もすでに梶田の頭にボールが当たってからのことだった。

一瞬の静寂の後、梶田の周りに全部員が集まった。二〜三人の部員が慌てて職員室にいた監督を呼びに行った。すぐに救急車が呼ばれた。他の部活の生徒も動きを止めこちらを心配そうに見ていた。

先輩部員をふくめ誰かが横たわった梶田に救急蘇生的なことをしていたかどうか定かではない。北川の記憶は抜け落ちていた。

ヘルメットをかぶった救急隊の姿。赤いパトランプが点いた救急車。赤い光がグルグルとグランド中を照らした光景が薄ぼんやりあるだけだった。救急隊員が梶田をストレッチャーにのせ、車の中に運び込み数分。サイレンを鳴らし始めながら救急車は動き出した。監督とおそらく打球を当てた三年生がいなくなっていた。グランドには救急車の車輪の跡がくっきりと残っていた。

　運ばれて行った梶田が戻ってくることはなかった。その日から一週間以上部活は休みになった。職員室は常にざわざわと人の出入りがあった。カメラを持った人や黄色や白の腕章をはめた報道陣が学校を出入りしていた。数日後には新聞とテレビで報道された。

　あの時から北川の見える景色が灰色になった。野球をやっていてそのことが原因で人生が終わってしまうなんて想像もしたことがなかった。

　北川の〝梶田〟の記憶も梶田自身の記憶もあそこで途切れてしまったことの不可思議さ。甲子園に行くために中学から本格的に硬式野球を始め、スカウトされて強豪校へ。その強豪校では背番号をもらうこともなく、人生の時間がストップしてしまったこと。北川は高校二年生の四月二十七日からの一年数か月ずっとぼんやりしていた。しかし、呆然としていてついていける練習ではなかったので、毎日ついていくためだけに歯をくいしばっていた。

　梶田が北川のためにレギュラーをとってくれることはなくなった。かといって梶田の敵討ちのように北川自身でレギュラーをとりにいく気持ちにもならなかった。何のために野球をしているのかわからなかった。日々の練習の記憶ははっきり残っていかなかった。

北川は三年生になった。チームは夏の県大会二回戦で同じレベルの強豪校に当たり、あっさり負けて北川と梶田の代は終わった。テレビで見てきた完全燃焼の高校野球とは全く違うものだった。北川は半分は自分が野球をあきらめてしまい、半分は梶田のせいにしていたような気がする。フェードアウトしながら終えた高校野球人生。

野球部の引退後は、ぼんやりした風景を断ち切るために、野球部の仲間とは縁を切った。と言うより、もともと縁なんて言えるような関係が梶田以外にはなかった。受験に集中しようと思った。

梶田がいれば一緒に机を並べ励ましあって受験に気持ちを切り替えられたのではと梶田にすがっていた。一般生徒の中に交じり大学に入るために勉強に打ち込もうとした。夏休みは補講に通った。補講が終わったあとも教室に残って参考書を開いた。解らない問題に十分、二十分と向き合っていると、今度は天浜線に乗って二年半こんなにも遠い学校に通った意味は何だったのかという疑問が湧いてきてペンが止まった。

目の前の風景は灰色のままだった。進まない受験勉強を子どもの頃から始めた野球のせいにした。このまま受験が終わり、ふがいない結果になったら梶田のせいにしてしまうのではないかと思った。

夏休みも終わり、九月の二週目の土曜日だった。午前の補講が終わると、その日は居残りはやめた。天浜線に乗って帰ることに決めた。野球をしていた時は考えられないような明るい時間に学校近くの駅の改札を通ることにまだ慣れていなかった。明るいうちに乗っていることを不思議に思った。二年半、行きも帰りも車窓から見る眺めは真っ暗だった。

十四時過ぎに金指駅に到着した。北川は自転車置き場を通り過ぎ、線路沿いにあるトイレに入った。一時間二十分の列車通学で途中でトイレに行きたくなっても車内にトイレはなかった。行ける時に行っておかないと、という意識が習慣づいていた。列車に乗る前も降りた後も常にトイレのことが頭にあった。

途中で降りれば次の列車は三十分後。時間帯によっては一時間後だった。準備が大事だった。毎日朝早く起きて夜遅くに帰宅。高校時代の何割かは通学時間だった。自宅から金指駅までの自転車の時間、金指駅から掛川駅までの一時間二十分の列車内の時間。カキコウまでの徒歩の時間。目的とする時間に向けて逆算して時間管理ができるようになった。人間は我慢すればある程度の環境に慣れるものだと知った。それが高校時代の唯一の成果だったかも知れない。

トイレで用を足しながら梶田のことを思い出した。梶田が生きていれば、こんな土曜日はどこかの図書館で一緒に勉強したのではないか。あのライトの奥にあった古びた便所でつれションしたように、金指駅のトイレでもつれションできたかも。ありそうでもう絶対に巡ってこない時間に一時思いを馳せた。梶田も怒っているかも。〝俺を思い出すのにトイレかよ〟って。北川は用を足し、水洗のボタンをおした。白い便器に黄色く垂れていた小便は跡形もなく流れていった。

北川の自転車は屋根のついた駐輪場に十台もない中の一台だった。中学から使っているシルバーのバルベルト。普通なら見つけるのに苦労するバルベルトが、金指駅の駐輪場では時間がかかったことはない。北川はバルベルトにカギを差し込み駐輪場から自転車を出した。

金指駅からまっすぐ南に向かって五十メートル自転車をこぐ。西に曲がり二十メートルもすると左手に食品スーパー。「奥浜名湖高校」の制服を着た女子生徒が連れ立って入って行ったのが見えた。食品スーパーの駐車場を過ぎた交差点を北に曲がる。天浜線の踏切が目と鼻の先にある。左には金指駅のホームが見える。

踏切を渡ってすぐ、線路沿いに緑と黄色の組み合わさったドラッグストアのチェーン店。そこを過ぎるとあとはしばらく田んぼの風景が広がっていた。三百メートルほど快調に自転車を飛ばした。右手に小学校が見える。小学生の頃、あんなにも広く感じた校庭や遊具が本当に小さく見える。

小学校は都田川沿いに建っており、川を越えるために隆起した橋を越えて行くとあとは何も目印になるような建物はなかった。北川は自宅のあるアパートへ続く坂に向かっていた。「長坂」と「祝田の坂」の真ん中にある〝名もない坂〟だった。

北川が通った中学校へ続く坂は細江ではメジャーな「長坂」だった。「長坂」から見える田んぼは正方形に並んでいた。十月にはまばゆいばかりの黄金色の風景に変わる。同じ田んぼでも微妙に一つ一つの正方形の色合いが違う。

　中学時代、校内の美術コンテストでこの田んぼの風景の微妙な色合いの違いを、大胆にもピンクや赤、青、みどり、黄色の様々な色で塗り上げた作品があった。異色な作品で目を引かれた。絵に特段才能のない北川の目にもこの絵が持っている芸術性のようなものを感じた。その絵のタイトルが「細江の最高」だった。「長坂」から見える風景はその時から違って見えるようになった。「長坂」の風景は特筆すべきものなのだ。中学校に通いながらそう思うようになった。

「長坂」は距離にして一千五百メートルぐらい。簡単に言うと三つに分けられる。上り始めの三分の一は二十度ぐらいの傾斜。真ん中はほぼ平坦。そして残り三分の一は十五度ぐらいの傾斜があった。

　上り始め勢いをつけて全力で自転車のペダルを踏みこめば、後三分の二のハードルは低くなり、車体から降りることなく上り切ることができる。しかし、最初の勾配をあきらめてしまうと、残りの勾配もだらだらとして、とても上ることができなかった。

　中学に入った当初はほとんどの生徒がそうであるように北川もその坂を上り切ることができなかった。入学してから半年は一気に登ることができず、途中自転車を降りてしまうのだった。

　しかし、一年もたつとどの生徒も普通に自転車から降りることなく上り切れるようになる。

　一年生は中学三年間で伸びるだろう背丈を見込んで買っただぶだぶの制服に身を包み、みんな一様にシルバーのバルベルトとヘルメットをかぶって、汗だくになりながら坂を上った。

中学校の通学路である「長坂」と違って〝名もない坂〟はその名の通り裏坂で両脇は鬱蒼《うっそう》とした山林に覆われた地味な坂だった。

坂の上り始めはテクノランド細江の入り口だった。坂を上り切る手前からいくつもの墓石が見えてくる。上りついた左手に墓地が点在する。「浜松霊園」を過ぎ、五百メートルほど進むと北川の住むアパートがあった。

坂の中腹から一台の自転車が勢いをつけて下ってきた。遠目ではあるが、黒髪が風になびいていることとズボンではなくスカートをはいていることで女子高生であることを北川は確認した。北川の中学では地元でもある「奥浜名湖高校」に卒業生の半分程度が進学。残りの半分は街の学校に散らばる。目の前の女子高生は街の学校に散らばった一人なのだろう。北川はできるだけギリギリのところまでギアを軽くしないように足に力をこめてこいでいた。

制服の女子高生は北川にぐんぐん迫ってきて、顔の輪郭もはっきりしてきた。野球部を引退して二か月近くがたち、この坂で同じように上って行く時にすれ違う女子高生も男子高生もいた。初めてではなかった。けれども今、目の前の女子高生が迫ってくる感じは以前にも経験したことがあるような気がした。

顔の輪郭がさらにはっきりしてきた。着ている制服も風になびく黒髪にも違和感もありながら、なぜそう感じたのか次の一瞬にはわかった。迫ってきた自転車は北川の手前でスピードを緩め、目の前でやはり同じグレーのバルベルトを停車させた。

「久しぶり北川君」

確かに久しぶりだった。最後に会ったのはいつだったのか。最後に話をしたのはいつだったのか明確な記憶はなかった。ただ目の前にいる女子高生が中学の同級生であること、そして同じ少年団で野球をしていた記憶ははっきりしていた。

「ああ、ケイトひさしぶり。ケイトでいいんだよね」

中学ではほとんど会話した記憶はない。同じクラスにもならなかった。学年ごとの行事や全校が集まるイベントではもちろん顔を見かけたことは何度もあった。北川から話しかけに行ったり、ケイトから何か用事があって話しかけてくるような機会はなかった。

一度、夏まつりでケイトを見かけたことがあった。浴衣を着て同級生三人と連れ立っているのを。確かあの時はもう少し髪が長かった。そう、あの時ももう少年団の時とは顔立ちが違っていた。ふっくらとした顔立ちに髪の毛を結わえ、紺色の浴衣を着ていた。少し浅黒かった少年団の頃の面影はなく、少しドキッとした。そんな一瞬の感情がどこから来たものか北川自身わからなかったが、記憶の隅に押しやっていた。片隅に押しやった記憶ばかりだなと北川は思った。

ケイトは中学を卒業後は、確か市内でも二番目か三番目に位置する進学校に入学したと聞いたような気がする。目の前の制服が、その高校の制服なのかどうかは北川にはわからなかった。北川は地元を離れて二年以上を過ごしたので、市内の高校の制服がどの学校のものであるのかなど全く知りもしなかった。

ケイトはにっこりと笑った。少年団時代、短髪だった髪はその面影もなかった。肩まで伸びた黒髪はまるで引佐名物「遠州手延べそうめん」を干しているかのように真っすぐだった。

「カキコウ、春の選抜甲子園に出ていたね。すごいね」

梶田が亡くなり、北川の代が最上級生になった二年の秋、地区大会から県大会をトントン拍子に勝ち進んだ。準決勝で惜しくも一点差で負けてしまったが、三位決定戦に勝ち、東海大会でも準決勝にまで駒を進めた。

もう一山《ひとやま》の準決勝で負けたチームが優勝したチームと同じ県だった。「カキコウ」は翌春の選抜甲子園大会に出場できた。それは強豪校といえども十五年ぶりの快挙だった。学校は、もちろん町全体が盛り上がった。梶田の事故のことなど忘れ去られていた。北川は周りが湧けば湧くほど、あの日の梶田の記憶を思い出さなければと一人思っていた。

「スタンドから応援だった。後輩になる二年生も何人かベンチに入っていたのに。ベンチにも入れなかったから、甲子園に出たなんて言えないよ」

「すごいよ。甲子園に出るような高校で三年間も練習してきたんだから」

「レギュラーには二人の二年生が入り、次の世代で期待される三人の二年生がベンチに入っていた。

夏が早く終わってほしかった」

「カキコウでしょ。部員も多いんでしょう。レギュラーになるのは難しいよね。わかるよ」

ケイトは無邪気にそう言った。ケイトの顔を真正面から見たのは少年団にいた頃から六年ぶりだった。あの頃の面影はあるけれど全く別人のようだった。そもそもあの頃のケイトは北川にとっては女の子ではなく、同級生の一人でライトしか守れないメンバーだった。下に見ていた。

「少年団の頃、最後の大会で坂本が早く負けてくれないかなぁ、と言っていた気持ちが六年もたってよくわかったよ」北川は自虐気味に言った。

「最後の大会のこと？　あの試合勝ちたかったね。だってあの試合が私にとっては本当に最後の試合だったから」

「あの試合のこと覚えている？　北川君、あの試合も頑張っていたのにね」

「コールド負けだからね……。あんまり思い出したくないね」

最後の試合でもやっぱりストライクが入らなくて、ベンチ前に半円に集合した選手を前に監督は北川に「一人相撲するな」と言った。今までにも何回も言われた言葉。「ヒトリズモウ」。監督に初めて言われた時どういう意味か分からなかったが、何度も言われているうちに自然と「一人相撲」という漢字に変換されていった。自分だってしたくてしているんじゃない。北川が聞きたかったのはどうやったら一人相撲しなくて済むかだった。

「あの日もストライクが入らなくて……」

「そうそう。北川君、コントロールが良くなかったけれど最後の試合はとくにフォアボールが多かったね」

最後の試合、最後の試合。ケイト　ケイト　ケイト……。

薄墨がかった記憶が頭の片隅によみがえってきた。大事な記憶。クリーム色のユニフォームに身を包み、紺色のキャップをかぶり近づいてくる人影。

ああそうだった！

あの試合、ケイトがライトから自分のところに来てくれたのだった。

自転車で前から坂道を下りてくるケイトとライトから走ってくるケイトの姿が重なった。

何イニング目のことだったのだろう？　おそらく降板する回だったのだろう。あの試合、十個のフォアボールを出してマウンドを降りたから、おそらく八つ目か九つ目だったのだろう。前の回に引き続き、走者で塁を埋めてしまい呆然とマウンドに立っていた。次の投球動作に入るのを忘れていた。周りから色んな声が飛び交っていた。ボォーっとバッターボックスあたりに視線を置いていた。

キャッチャーの左前に主審が両手をあげて立っていた。タイムがかかったのだ。交代させてもらえる。ぼんやり思った。さっきまで飛び交っていた声が言葉にならないざわざわとした物音に変わっていた。キャッチャーの視線がセカンド方向に向いていた。主審も両手をあげながら体はやはりセカンド方向に向いていた。北川は二人が見る方向を見ようと一塁手の方に視線を向けた。一塁手はライト方向に体を向けていた。北川は体をそのままゆっくり体を反転させた。ライトの奥には三メートルほどの高さのネットが張られていた。ネットの向こう側には七月には蓮の花を咲かせる池があった。

「何であの試合、ケイトはライトから僕のところに声をかけに来てくれたの？」

「だって、北川君があんなにもストライク入らないのに内野は誰も声をかけに行かなかったから」

声をかけようにもフォアボールばかりで、どこがピンチの境目なのかチームメイトもわからなかった。声をかけても変わらないピッチャーに、声をかけるのを諦めていたチームメイトを批判するなんて考えもしなかった。声をかけられても変われないことはわかっていた。ピンチになっても何も言わずにそっとしておいてもらった方がありがたかった。

「監督がいつも言っていた。仲間の気持ちになれって」

「監督そんなこと言っていたっけ」

監督が北川に問いかけていた言葉は「一人相撲するな」しか記憶にない。北川はケイトに外野から来られて正直恥ずかしかった。しかもライトのケイトが。ライトしか守らせてもらっていなかったケイトを上から目線で見ていたことは否めない。なんでケイトに励まされなければならないのか。けれど、今ならあの時あんなふうに思っていた自分の方が恥ずかしい存在だったことがわかる。

あの時、なんて声をかけられ、なんて言ったんだろう。覚えていない。

野球の試合でライトから声をかけにくる光景なんて見たことなかった。

「なんでライトから来るんだよって言われたなぁ」

「いっぱいいっぱいの顔をしていた。顔がひきつるって言うけど、まさしくそんな感じだった」

「北川君がストライクが入らなくてうなだれているのを見て心配になったから」

「あの時とあまり変わっていないね」くすっと笑う。

「なんか必要以上に考えている顔をしている」

自分がどんな顔をしていたのか。自分のふがいなさの記憶の一部として消去していた。だから思い出せなかった。


ライトから駆け寄ってきたケイトは確か自分と目線は同じぐらいだった。あの頃北川は大きかった。ケイトは背が高い方だったんだ。今目の前にいるケイトは明らかに北川より目線が低かった。斜め下にケイトを見ていた。

あの頃はケイトの髪の毛はどうだったんだっけ？　こんなに長くなかった。

「髪長くなったね。少年団の時は帽子の中にしまってたの？」

「そんなことないよ。長かったらとてもできなかった。短かったんだよ」

「北川君は何も見てないんだね。残念だな。あの頃の私の髪の毛が長かったのか短かったのかも見ていなかったなんて」

「よく言われてたもんね。一人相撲をするなって」

「分かってた？　一人相撲って、ストライクが入らないからだけじゃないんだよ」

「周りを何も見てなくって、誰の声も聞こえてなかったから、監督さんたちはそう言ってたんだよ」

「そうなの？」

ずっと心の中でどうやって腕を振ったらいいのか呪文のように唱えていた。周りなんか全然見えてなかった。ストライクを入れるために、手の動きがどうあるべきか、どこでボールを離したらいいか。それだけしか頭になかった。坂本が早く負けて良かったなんて笑ってる意味もわからなかった。今ならよくわかる。坂本が言っていた気持ち。

「一人相撲ってどんな相撲？」

相手がいない土俵で一人力士が突っ張りをするイメージをずっと抱いていた。

「見たことないよね」ケイトは一緒に笑った。


〝ケイト〟、男なのか女なのか分からない名前だった。

「どちらかと言うと男っぽいよね。どうしてこんな名前をつけたのか、よくお母さんに反発した」

「でも唯一野球をやっている時だけは良かったかも。髪の毛が短くて、帽子をかぶって名前を呼ばれても誰も女の子って気づくことがなかった」

「女の子だって特別扱いされたくなかった。目立ちたくなかった。ただ一緒にその場にみんなと同じようにいたかったから。唯一、それがこの名前でよかったことかなと思う」

「それでどんな由来があるの？」

北川はそんな会話ができたことが、それまでの人生の中で一番心地よかった。

「たいそうな由来じゃないから、またいつかなんだよね」

「そんなもったいぶるほどたいそうな由来なの？」

「ケイトっていう名前には……。また教えてあげるね。いつか」


ケイトは随分変わった。本当に一緒に野球をやっていたんだろうか。夢の中の話のように感じる。

「私、実は高校の野球部のマネージャーをやっていたのよ」

「少年団の監督さんの言葉を思い出しながら〝仲間の気持ちになって〟三年間私も頑張ったよ」

「そうそう、私最後の夏の大会負けた後、新聞の取材を受けて、監督さんの言葉を忘れられなくてという話をしたの。新聞に載っていたけれど見た？」

「いや」チームが負けてから一切見ていない。新聞の記事もスルー。甲子園のテレビ放送もスルー。この夏全国優勝した高校がどこかも知らない。高校野球の情報をすべてシャットアウトしていた。野球を始めてこんなにも、野球の情報に耳をふさいだことは初めてだった。

「今度私の載った記事をコピーして見せてあげるね」

ケイトは嬉しそうだった。どちらかというと印象的な表情がなかったケイト。目の前で笑顔を見せるケイトは、よく見ると割とかわいい方かもしれない。初めてそんなふうに考えた。

「北川君、受験は？」

「京都の大学に一般入試を受けに行く。もちろんもう大学で野球はやらないけれど」

「なんで？　野球やらないの？」

「中学校でずっと試合もできずに黙々とキャッチボールするぐらい野球が好きだったのに」

なんで？　高校の同級生のレギュラーでさえ、いくつかセレクションをうけて受かるか受からないかぐらいの世界。高校でベンチにも入れずに諦めていた自分が通用する世界でない。ケイトは知らないけれど何より野球はもう楽しくなくなっていたから。自分にとって意味もない辛い練習を二年半もしてきたことを一言でケイトに説明することはできなかった。

「野球好きじゃなくなったの？」

「小学校一〜二年でテニスボールで野球を同級生たちとして何も考えずに打っている時が一番楽しかった。みんながうまいうまいとほめてくれた」

少年団に入り周りの子よりも少しだけ背が高くピッチャーをやり、もっとうまくなれるはずと思えていた頃もまだ救いがあった。

「ケイトこそなんで中学で野球やらなかったの？　女子でも一応野球部に入ることはできたと思うけれど」

「そうか同じだね。わたしも中学ではとても通用しないと自分で勝手に思い込んだ。似ているね」

中学の時一緒にやろうと声をかければよかった。ケイトがあの試合でライトから駆け寄って声をかけてくれたように。中学では延々とキャッチボールしていたけれど。いつか投げ方がしっくりきて、思ったところに投げられるようになると信じていた。投げ方のことしか考えていなかった。ケイトを誘おうなんて考えたこともなかった。自分のことしか考えていなかった。

「それでケイトの方は受験は？」

「名古屋あたりにしようかなと思っていたけれど。私も関西方面の大阪か、京都の大学も受けようかな」

「一度この町は出たいけれど一人で知らない土地に行くのもちょっと不安だし、お互い関西の大学に行ったら向こうで会うこともあるかも」

「こんな狭い町に住んでいても、会ったのは中学卒業以来二年半ぶりなのに会うことないんじゃ……」

「一人で行くのは不安だな。誰か知っている人がいるってだけでも少し安心できる」

ケイトと別れ、〝名もない坂〟を上るためにペダルに足をかけた。こっそりと振り返った。

ケイトの後ろ髪を見ながら、〝あの時声をかけてくれてありがとう〟と心の中でつぶやいた。

白い綿の生地の制服がまぶしかった。本当にケイトと一緒に大学に行けたらいいなぁ。大学にいくためのモチベーションがすこし上がったことを北川は感じた。

再び坂の上を見てペダルに足をかけ十回転ほど車輪を動かした。脳みそがぐらりと動いた。やっと思い出した。

「試合が終わったらお好み焼き食べに行こうよ」

「何で俺がこんなピンチなのにお好み焼きなんだよ」と言うとケイトは笑っていた。あの時もケイトは笑顔だった。そうだった。ケイトは投球のアドバイスなんてしなかった。ケイトは仲間の気持ちを想っていた。投げ方が変でストライクが入らなかった自分のことを想って。


北川は自転車を反転させた。ケイトを追って下り始めた。三十メートル先でケイトの黒髪が風になびいていた。平たんな道になりスピードをあげた。ケイトの背中が目と鼻の先になり、北川は声をかけた。

「おーい、ケイトー」

ケイトは自転車のブレーキをかけ車体を止めた。振り返った。どうしたの？　というような顔をしていた。


「お好み焼きだった！」

ケイトは少しだけ首を傾げたあと、表情を崩した。

「やっと思い出したの？　でもよく思い出したね」

「だってマウンドでお好み焼き食べに行こうと言ったら、北川君むっとして何も言わなかったから」

「むっとしていたわけじゃない。あまりに唐突すぎて訳も分からず呆然としていた」

いや訳が分からなかったというより、むっとしていたのかも知れない。

「あの時、言っていたお好み焼きって、いくえちゃん家《ち》のお好み焼き？」

「そうだよ。でも、もうなくなっちゃった。いくえちゃん家のお好み焼き」

「おばあちゃんがやってたんだけど、もう年だからって。私たちが中学生の頃にお店やめちゃったもんね」

「そうだったんだ。そういえば、お店の旗出てないね。なくなったんだ」

「やっぱり北川君あの頃と変わってない。随分前にお店を閉じたんだよ。やっぱり何にも見えてないね」

そもそも高校に入ってからはこの〝名もない坂〟と天浜線を行ったり来たりしていただけだから仕方がないんだよと言い訳したかったけれど、ぐっと押し殺した。

「ストライクが入らないからだけじゃないね。見てもそれがどんなことなのか。ピンとこないんだね。昔から」

半分嫌味を言われてるようだったけども、笑いながら軽い調子で言われてなんだか心地よかった。そんな経験も初めてだった。

「ケイト、一緒に京都の大学に行こうよ。京都でお好み焼き食べに行こう」

「いいよ。受かったらね。京都でお好み焼きね」

「でも京都？　お好み焼きなら大阪じゃないの。京都で有名なお店があるの？」

「知らない。けれどきっとあるよ」

ケイトは笑っていた。

「いくえちゃん家のお好み焼きのようなお店、京都にあるかな。京都にも細江みたいな田舎町あるのかな」

「あのぉ、ケイト……、ライトからきてくれてありがとう」

あの時言うべき言葉を六年もたってようやく伝えることができた。北川はこんなにもケイトと長々と話をしたのが不思議で仕方なかった。ケイトとこんなに話をしたのは初めてだった。誰かの気持ちを受け取るには人生において非常に多くの経験がいるらしい。ケイトの気持ちを受け取るのに六年もの歳月がかかってしまった。

二十二年前、あの時、〝名もない坂〟で学校帰りのケイトと偶然出会ったから、その後受験勉強に集中することができた。

あれが北川が見た一度目のライトからのタイムだった。

そして、これが二度目のライトからのタイムだった。

「ライトからの……」三度目はあるのか……。いや、たぶんないのでは。ライトからきてくれるなんて奇跡なんだ。カメラのファインダー越しに息子の兎太郎をみて、ピントは合わないままだった。涙があふれていた。

結局最後の練習試合は負けた。ライトへ打球は飛んでこなかった。最後の練習試合で一度回ってきた打席はセカンドゴロだった。

北川が少年団にいた頃の「一人相撲」の監督が卒団の時にはなむけに送ってくれた言葉がある。野球の歴史は負の積み重ね。どんなに強いチームでも負けるし、強いチームの周りには何十倍も負けチームがある。強いチームもその負けチームの山の一部。そのうず高く積もった負けこそが野球の歴史であり、君たちの人生そのもので君たちが野球をする意義なんだよ。

何を言っているかわからなかった。

でも四十歳を過ぎてやっと負けの山が見えるようになった。

試合が終わり、兎太郎はアパートに帰ってきた。残念ながらヒットは打てなかったから今日の夕食は回転寿司ではない。長方形の長机の真ん中にすき焼き鍋が湯気を立てていた。北川は兎太郎が帰ってくる前からビールを開け始め三本目だった。兎太郎に聞いてみた。

「ライトから駆けつけて拳喜になんて言ったの？」

「ライトまでボールの悲鳴が聴こえてくるよって伝えたんだ」

「悲鳴？」

「不安だよ、こわいよーって言う声が聴こえてきた」

「どこから？」

「だからボールだよ」

「ボールからたまに聴こえてくるでしょ。声が」

「えっ。兎太郎はボールから声が聴こえるの」

「そうだよ。聴こえるでしょ」

北川は腰を上げ少しだけよろめきながらトイレに向かった。兎太郎は自信満々に言っていたけれど……。いやー、ボールから声が？　そうかな。そんな声聴こえたことないけどな。いや普通ボールから声が聴こえるものなのかな？

北川はトイレから帰ってきて
「兎太郎は野球は好きなのか？」

「もちろん好きだよ」

「みをつくし野球少年団では三本しかヒット打てなかったけれど楽しい？　打てないと野球は楽しくないだろ」

「お父さん、楽しいのは打つだけじゃないよ」

「いや打つために野球をやっているようなものじゃない？　実はな、父さんも高校時代は三本しかヒット打てなかったんだ。しかも公式戦には一度も出たことない。練習試合や紅白戦だけで。だから楽しくなかったんだ。兎太郎も楽しいのかなと心配になって……」

「おかしいなぁ。野球の楽しさはバッティングだけじゃないよ。ボールをとったり、打った後、走ったり、守っている皆の表情を見たり」

　兎太郎は本当に野球が好きなんだ。子どもが生まれた頃、野球なんて全く頭の中になかった。兎年に生まれたから「兎太郎」。こんな単純な名づけでいいかのかとも思ったが、シンプルな方がのちのち禍根《かこん》を残さない。けれど、こんなに野球が好きになるのだったら、塁人とか、球人とかにすればよかった。ちょっとだけ後悔した。

「お父さん、他にも拳喜に言ったんだよ。拳喜ならできるよ。何も考えないように！　気にしないでミットだけめがけて投げて！って。　ありきたりだったかな？」

「そんなことない。立派なアドバイスだ」

「でも、そう声をかけた時は拳喜の顔はなんか不満そうだった。そんなこと拳喜も分かっているんだよね。でもできない。どんな言葉をかけたら、はっ！　と思ってもらえるか。そんなことを考えるのも野球の楽しさかも？」

　うーん。そんな発想をしたこともない。北川は思った。兎太郎は母さんと似ているな。やっぱり兎太郎は母さん似だ。でも兎太郎のアドバイスの方が半分破天荒で半分オーソドックスかな。もしかしたら母さんも聴こえたことあるのかな？　ボールの声。

「お父さん、お母さんもボールの声が聴こえるって言っていたよ」

ああやっぱりそうなのか。兎太郎は確かにお母さんが生んだ子だな。

「ところで兎太郎は拳喜のところに行く前にタイムをかけたのか？」

「かけていない。タイムってどうやってかけるの？」

「そうだよな」そもそも外野からタイムをかける時はどの審判に声をかけたらいいんだろう？　確か主審が手を上げていた。

きっと兎太郎がライトから走ってきたことに気が付いてタイムをかけてくれたのだろう。

二十八年前の時も同じ。北川は心の中で審判さん、うちの二人をフォローしてくれてありがとうと言った。

「兎太郎、きっとうまくなるぞ。がんばれ！」

それにしてもケイトはすき焼きなのにいつまでお風呂に入っているんだ。

梶田が亡くなってから、時々目の前に一本の綱が見えるようになった。綱渡りをしているような感覚に襲われる。バランスを崩したら奈落の底。あの時、梶田がほんの数秒投げるタイミングをずらしていたら……。投げる途中どこかで数秒でもずれていたら……。打ったボールが視野に入り急所が外れたのでは。三年生の振ったバットの角度が一ミリでも違えば梶田の急所に当たらなかったのでは。何気なく過ごす毎日は平坦な路面ではなく一本の綱。そう感じるようになった。同じ空間にいても、見え方も見えている風景もまったく違う。本当に適切にアドバイスすることなんてできない。それならいっそ奇想天外なことを言った方が気が紛れるのかも知れないなと北川は思った。

掌篇部門

最優秀賞

おばあちゃんのおでん

見沢《みさわ》　富子《とみこ》

やさしさが欲しかった。ただそれだけで大学生の時ヒッチハイクを始めた。帰る家も、家族も、ふるさともない。施設育ちの私はいつもあたたかい場所を求めていた。

その日は東京から浜名湖を目指した。百円ショップで買ったスケッチブックにまずは「海老名」と書き、用賀ＩＣ手前のコンビニに立った。開始二時間後ようやく親切なワンボックスカーが現れ、順調に海老名に着いた。

しかし、である。そこから六時間半全く車が捕まらないのだ。

「今日はダメか……」

途方に暮れたその時だった。

「うちっち来るか」

もみじマークをつけた軽自動車が止まった。窓から顔を出したのは「おばあちゃん」だった。シミやシワに白髪もあり、お世辞にも六十代には見えなかった。聞けば親戚のお墓参りの帰りだと言う。浜名湖で野宿の予定だと話すと「そいんだら、うちっちに来い」と言ってくれた。

その車内、彼女はいろんな話をしてくれた。七歳のお孫さんと二人で暮らしていること。最近腰が痛いこと。しかし全部聞き取れたかと言うとそうではない。語尾にはいつも「だけん」や「だら」が付き、時に知らない方言も出てくる。それでも彼女のフランクさに私はつい親がいないことを話してしまった。すると彼女は「けっこいのによお」と悲しい目をした。

まもなく小さな一軒家に着くと玄関からお孫さんが出てきた。私が東京から来たと知るなり、「ばーか！　あほ！　まぬけ！」と舌を出す。

「おい、ちょーらかしちゃいかんよ！」

言葉自体はわからなかった。だが私のために叱ってくれたのはわかった。

「あの子はほんとにおとましいからよ。あんた、洗濯物よせといて」

彼女は私に家事を頼んだ。私は言われた通りにやった。いや、やったつもりだった。ハンガーごと物干し竿の端に寄せ、ひと仕事終えたような顔をして戻った。しかし洗濯物をよせるとは「しまう」ということだった。この失態に「しょんにゃあら」と彼女は笑った。背中をポンと叩く手が温かった。

夕飯はおばあちゃん特製のおでんだった。そこには見たことのないような世界があった。深い寸胴から飛び出す何本もの串。さらに目を引くのが真っ黒なスープに、黒いはんぺん。その斬新さが期待と興奮を高めた。

しかし、である。

「ねえちゃんの牛すじちょうだい」

「えっ、えっ」

「これ、あげるから」

見ればごぼう巻きのゴボウだ。牛すじの代わりがゴボウだなんて。

「おい！　寛太！」

「なんだよ！　いいじゃんか！」

二人は語気を強めた。まるで私に「おかあさん」と「おとうと」ができたみたいだった。

そんな幸せな食卓に思う。お母さんがいたら。兄弟がいれば。自分の家があったら。そんなタラレバをたどると見えてくる、悲しい事実。私はひとりぼっち。たまらず食事の途中で席を立ち、トイレに行くと言って人知れず洗面所で泣いた。その涙を彼女らと生みの親には決して見せまいと思った。

帰り際、土産におでんとポケモンのカードをもらった。スカスカのリュックにタッパーを入れるとたちまち感謝で膨れた。貰ったカードは使い道こそないが、聞けば一番強いキャラクターだと言う。そんな精一杯のやさしさについ目頭が熱くなった。

それ以降、冬になるとついコンビニでおでんを買ってしまう。一人で食べる分には牛すじを取られる心配もないし、言い争いもない。だけどそんなおでんはどこか寂しく、なぜか冷たい。それどころかあの家で食べたおでんの思い出ばかりがよみがえる。もし最後の晩餐に何を食べたいかと聞かれたら迷わず「おばあちゃんのおでん」と答えるような気がする。いくらお金を払っても私には「家族と食べる温かい時間」は手に入らない。そう考えると人の幸せは贅沢なフルコースより、案外平凡な日常の中にあるんだって思う。

今日もコンビニのおでんを横目に思う。
私はもっと美味しいおでんを食べたことがあるんだよと。

優秀賞

初《はじ》めての寺《てら》で

小林《こばやし》 篤《あつし》

その寺は、住宅街に唐突に姿を現した。路地の狭い空間から一気に解放されて、重量感のある山門が目に飛びこんだ。

三十分程前、私は自然公園の展望台にいた。認知症の母の世話にやや疲れを感じて、逃げるように、花の名所でもある隣接市のこの低山にやって来た。

「ここは初めてですか」

階段を上がって来た同年配の男性が、軽く語尾を下げて言った。

「二度目です。気持ち、晴れますね」

私はそう返した。男性はふもとの住人で、ここは彼の散歩コースらしい。

「ジッソウジに行かれましたか。行ってみるといいですよ、この下ですから」

言われて時計を見た。時間はまだある。公園の長い遊歩道を戻り、二輪車で山を下り、ゆっくりと路地を進んだ先に、それはあった。岩本山實相寺。九百年近く前、勅命により天台宗の寺として創建されたが、百年余り後に改宗して日蓮宗霊跡本山となった、と立札の由緒書きにあった。創建時の一里四方の寺域は想像の外だが、往時の気配は残る。

山門の五十センチ角の柱を見上げ、百数十メートル進むと、豪壮な造りの仁王門が待ち構える。背丈二メートル四十センチの金剛力士が両目をむいて、山門付近に視線を据える。

像は、鳥よけの金網に囲まれて見にくいが、力感は十分に伝わる。一方で、魁偉な容貌の中に、童子の面影が残っているように感じられて、ほおが緩む。

（そうか、もう見られていたんだ）

一礼して先に進む。右手は檜皮葺《ひわだぶき》の本格的な鐘楼。よく手入れされた庭の奥が書院。そこから参道は階段となって、視界が縦長に変わる。夕暮れには間があるが、曇りがちで空気が湿り、大木に光が遮られて、あたりは薄い暗緑色を帯びる。階段を登るごとに見えてくるお堂の背後を、幾重もの枝葉が大波のように覆う。本堂の上段が祖師堂。庭に清浄感が漂う。屋根の傾斜が優美で、さながら年を重ねた名優のよう。敷石を踏んで近づくと、軒を支える柱が右に一、二度傾いていた。長年の強風や地震に耐えたあかし。がんばれ。

賽銭を納めてさらに進むと、一切経蔵に至る。そして、見上げるその先に七面堂が。由緒書きによると、この経蔵には平安時代に天台宗の高僧が唐より持ち帰った一切経が安置され、かつて日蓮もそれを読んだとのことだが、説明文はすべて過去形で、とても虚しい。戦乱で経本が焼失したのか、持ち去られたものか。一部分は残っているらしいが。

この日は平日。加えて、午後も四時に近く、境内に人の姿はない。聖俗あわせ持つのが寺とするなら、にぎわいもよし、静寂もまたよし。ただ、家のことが気になるので、戻ることに。森を背にすると、前方には明るさが残っており、やや明度の低い青と緑に誘われて、ゴーギャンの作品が目に浮かぶ。『我々はどこから来たのか　我々は何者か　我々はどこに行くのか』彼は南の島で、自らの命を見つめた。私も懸命に生きて、知ったことも多いが、実際は明日のことさえわからない。導いてくれた人たちも、多くはこの世の人ではない。本当に、みんなどこに行ったのか。幼児期に死別した父もまた……。

　堂の扉はすべて閉じている。軒下の龍などの透かし彫りに目を凝らすが、しばらくして諦めた。光が届かない。さらに下って、往きには素通りした日蓮像にご挨拶。彼が幕府に上申した『立正安国論』の草稿は、この寺で書き上げたらしい。騒動を巻き起こした提言同様に、像に気迫がみなぎる。左手に草稿を持って見つめる先は、きっと鎌倉。

　気分転換のつもりが、薄闇に触発されて、過ぎた日々や人の生死が頭を巡る。若き日、幾度も寺を描いたが、表面をなでただけのような気がしてくる。

　と、足が止まった。参道脇の斜面に、群生したドクダミが。光量の乏しい草むらで、光を独り占めした花びらが、昼に見るあの白に蛍光色を加えて、妖艶な色合いを見せていた。

（本当は、中心の黄色が花だけれど）

　男性的な造形を多く見てきた目には、なんとも愛しい。小さな命の艶めきとはかなさ。そして意外なしたたかさ。惑わされて浮かび上がるのは、成熟した女性の姿。はて、聖なのか、俗なのか。これもまた仏性なのか。

でも、ほどなくその輝きも薄れて闇に沈んでいくのか、と思った瞬間、なんの脈絡もなく母の顔が、すっと走った。美しかった母。見る影もなくやせ衰えて送る希望の見えない日々。本当に早く帰らなければ。

黄昏に力を得て、山門前のお茶屋の白いのれんが、門前らしい風情を演出し、若い僧らしい凛とした読経が、さらに音量を増していた。

優秀賞

青《あお》い夢《ゆめ》が叶《かな》うころ

星野《ほしの》　有加里《ゆかり》

「古《いにしえ》の日本は藍に溢れていた。青緑《せいろく》の屋根瓦、軒に掛かる濃紺の暖簾《のれん》、碧空に翻る濃藍《こあい》の幟《のぼり》、濃縹《こきはなだ》の着物を纏って街を歩く人々。甕覗《かめのぞき》、薄藍《うすあい》、浅葱色《あさぎいろ》、千草色《ちぐさいろ》、留紺《とめこん》。街中が多彩な藍で活気づいていた。明治に来日した英国《イギリス》の科学教師アトキンソンは、家から服に至るまで藍に彩られた日本を見て、『ジャパンブルー！』と感動したし、その後に来日した小泉八雲も、『神秘の青に満ちた国』と絶賛したんだから。八雲は私の故郷《ふるさと》の海を愛したの。夏は焼津で過ごし、焼津から見える青い富士山も楽しんだ。八雲は静岡の沢山の青を愛したの」

藍に魅せられた母は、私が幼い頃からよくそう語って聞かせた。

八雲の季節が到来すると、焼津の浜で『雪女』や『ろくろ首』などを読み聞かせてくれた。心地良い潮騒の中、カラリと乾いた海風に吹かれ、「八雲もこの海を眺めながら、色んな不思議なお話を書いたのかな？」と想像を巡らせつつ物語を聞くとワクワク胸が躍った。

母は植物染めの染織家だ。皮膚炎を患う娘のために労を惜しまず、肌に優しい衣服を自ら染め上げてくれた。自然発酵の藍染木綿の肌着は着ても痒みは生じず、母のお陰で私は持病とも折り合いをつけ、多感な思春期も劣等感《コンプレックス》に苛まれる事なく伸び伸び過ごす事が叶った。

母は森を歩き廻り採集した植物を用い、清閑な杜の工房で染色をしている。母が最も愛した彩《いろ》は、日本の代名詞と謳われる藍。昔は、染物屋を「紺屋」と呼ぶほど藍は日本の象徴色《シンボルカラー》だった。江戸幕府が庶民に贅沢を禁じ、着物は木綿か麻のみで、藍・茶・鼠《ねず》以外の染色を禁止した事が理由だ。人々は限られた自由の中で多様性を探求した結果、藍という一つの色に対する造詣や感性が研磨されていった。

古来、駿河でも機織《はたおり》が栄え、今川氏の時代には木綿が作られていた。静岡市の賤機《しずはた》、麻機《あさはた》、服織《はとり》という地名がその名残を伝えている。また安倍川流域では藍が栽培され、紺屋の技術集団「紺屋町」が形成され、藍染も隆盛を極めた。数多《あまた》の紺屋・呉服商が軒を連ね、紺屋町や呉服町など、その歴史を伝える地は現在でも名を留《とど》めている。

明治以降、化学染料の普及と共に衰退した駿河の藍染を復活させるべく、母は富士山麓の工房で日夜、藍と誠実に向き合っている。

藍は生き物。気温や空気、見る角度や光が当たる角度で藍甕《あいがめ》の中の水色《すいしょく》は変化する。黒みが強い紫。陰影を帯びた緑。茶褐色に近い赤。「藍四十八色」と称され、多彩な色相を表す藍は一つの染料から様々な青が誕生する。その多面的な魅力はまさに母そのものだった。

離れた街で夫と暮らす私は最近、倦怠感や吐き気等の不調と予想外の出来事に悩まされていたが、夏が巡ると久しぶりに母を訪ねた。

「今、手が離せないの。もうちょっとで一段落するから待っていて」

母は藍甕に絹を浸している最中だった。濃い藍の染液に沈んだ絹は見えない。神業とも言える指先の感覚が勝負。母は呼吸する藍と真摯に会話する。甕から絹を引き上げる奇跡の一瞬を計る一発勝負の真剣な眼差し。数分後、母は甕から絹を引き上げ、地下百メートルから汲み上げた清冽な深層水で染料を洗い流した。洗い終えるとパっと鮮やかに絹を翻し、屋内の竿に掛けた。若い青葱を思わせる花萌葱《はなもえぎ》色。

「ママ、それ、どう見ても緑色だよ。藍染なのにそんな色でいいの？」

「藍は酸素に触れると、藍神様が降臨して綺麗に発色するの。でも、藍神様は植物界一気高く、気紛《きまぐ》れで、人間の思い通りの色にはなかなか染まってくれない。だからこそ、唯一無二の青が創り出せた時、感動も一入《ひとしお》よ。それに、藍で染めた布は肌に優しいのに強靭だからね」

匠の矜持を光らせた誇らしい瞳で表情《いろ》を変えゆく絹を眺める母。

——まるで母みたいだ。優しいけど、とても強靭《タフ》な女性だから。

暫くすると、確かに緑の絹は玄奥な光沢を放つ藍へと変化した。硝子《ガラス》越しに陽光を浴びた藍は胸に染み入るほど美しく、深淵な色を放っていた。化学染料では到底創り出せぬ霊妙な風趣。自然から頂《いただ》く彩《いろ》は、かくも神々しいほどに気高いものかと改めて感嘆を漏らす。

作業が一段落すると、母はいつになく丁寧にお茶を煎れてくれた。

「藍ハーブティーよ。ユカ、仕事忙しいの？　年寄りみたいな干乾《ひから》びた疲れた顔をしてるよ？　藍はポリフェノールが豊富で解毒作用もあるから、体に溜まった悪い物も出してくれる。古来、藍色は『勝色《かついろ》』と呼ばれたの。これ飲んでリフレッシュしたら、また勝ちに行きな」

毒舌に潜ませた薄水色の淡い母の愛を噛み締めながら、藍ハーブティーを一口含んだ。草木の清爽感と甘酸っぱさが舌先で躍る。野性味溢れる植物の強い生命力が疲弊した心身に注がれ、一口飲む毎《ごと》に心が豊かな藍色に染まってゆく気がした。――うん、パワー充填！

「……ねえ、また息切れしたら、藍ハーブティー飲みに来てもいい？」

子供の頃のように甘えると母は悪戯《いたずら》げに笑った。

「ウエルカム！」

藍染のシャツ越しにお腹に手を当てる。きっと大丈夫。藍神様と逞しい母、二大守護神がついているから。……そう、体調不良はこの子が原因。不惑を過ぎて諦めた夢がまさか叶うとは。高齢出産のリスクを考えると不安で狂いそうだったが、母に会って腹が据わった。

――母は強し。……よーし、いつか、この子と母と三人で藍ハーブティー女子会ができる日を楽しみに、高齢出産頑張りますか！

優秀賞

五《ご》の三《さん》の君《きみ》

太田《おおた》　美紀《みき》

待ち合わせの割烹「田なか」に健佑は三十分遅れで現れた。途中で携帯電話を忘れたことに気付き、電車に一本乗り遅れたと謝りながら席に座った。

「待たせちゃったね。俺が今日もつから許して」

この日を楽しみにしてきた彩子だった。仕事を効率的に進めたり、美容院に行き髪をトリートメントケアしたりと秘かに努力をしてきた自分とは違い、健佑は通常シフトの顔だ。久しぶりの再会なのに、初めての二人きりなのに愛想も普通で、青白い顔が百貨店のマネキンに見えてひどくがっかりした。

同級生なので二人とも今年二十七歳になる。彩子は地元の金融機関に就職して五年目に入っている。健佑は一浪しているから四年目だ。山梨の大学から故郷の三島に戻り市役所で働いている。

健佑は座るなり着ていたジャケットを脱いだ。中の長袖のTシャツには思い切りスヌーピーが描かれていて、そのセンスの無さが、さらに彩子をがっかりさせた。キャラクターのスヌーピーが嫌いではない。しかしここはテーマパークのユニバーサルスタジオじゃない。なにも数あるだろう服の中から着てくるものでもあるまいに。彼の服がいちいち気に触る。

彩子が割烹「田なか」に予約を入れたのは十二月中旬だ。今から一ヶ月前になる。秋に行われた十人たらずのミニ同窓会で連絡先を交換し、今日のデートにこぎつけたのだった。街中より少し外れたところにある割烹「田なか」は静岡の地酒が取り揃えてあり、沼津港で水揚げされた新鮮な魚介料理が評判の、予約が取りにくいお店である。手打ち蕎麦は柿田川の湧水を全工程で使用していて知る人ぞ知る名物だ。地元の人のみならず観光客も訪ねてやってくる。彩子はあまり上等な店は知らないが、職業柄飲食の経営者のお客様を窓口接客することがある。上司や先輩との食事会、同期会も頻繁にある。この五年間でそういった外交も学んできた。

「おいしい店にはほとんど行ったことがない」

と健佑が言うので彩子はお気に入りの店を紹介した。まぁ、いいや。初恋の人だ。どんな学生時代を過ごし、どんな恋愛をし、今なにに夢中なのか美味しいお酒と共に聞こう。彩子は開き直って丸くなった背筋を伸ばした。「何頼んでもいいよ」

男気を出したかのような彼に彩子は、

「まずは生ビールを」

と伝えた。

「あんまり飲めないんだよね」

健佑は瓶ビールをグラスに注いで一杯目で、もうトロンという目つきになった。

「酔っぱらっちゃった」

彩子だけが五年三組の君を待っていたのか。

水槽のメダカが泳いでいる。そっと網でメダカをすくい逃がさないようにバケツに移す。五年三組で「生き物係」の唯一の二人だったことを彩子はまだ覚えている。多くの係の中の外れのような「生き物係」のはずなのに健佑はいい加減なところがなかった。メダカの餌やりも積極的にやってくれた。メダカが死んでしまった時、涙を流してクラスのみんなに謝った健佑。目の前の健佑にはそのあどけない面影が残る。

ねぇ。あれから十六年経ったね。楽しい時も大変な時もあったよね。私も色々あったように君も。

ビールをグイグイ呑む彩子を、

「大人だなぁ」

と健佑が笑う。おい、二十六は立派な大人だよ。真っすぐ健佑を見たらTシャツのスヌーピーが彩子に大笑いしてすぐ口を閉じた。酔っぱらったのかな。

「今日は悪かった。懲りずにまた誘って下さい」

健佑が真っすぐこちらを見て言ってくる。

私は女の子だよね。お前は男だよね。目の前にきたお酒を呑んだ。初恋の君の答え合わせをしてみる。胸までキュンとすることはなく焦れることもない。だけどまぎれもなく貴方は五の三の君だ。

ピュアで呑気で人間がいい。

最終電車に間に合うように伊豆箱根鉄道の三島広小路駅近くからＪＲ三島駅まで二人並んで歩いた。歩いていく道の向こうには楽寿園がある。小学生の時、社会科見学で学んだ場所だ。楽寿園は今、闇の中に沈んでいる。一月の三島の街の夜は寒い。彩子の口からも健佑の口からも白い息だ。健佑は千鳥足で彩子の横を歩いていたが突然立ち止まると、

「彩ちゃん、昔、ランドセルも筆箱も全部スヌーピーだったよね」

と言った。それから胸のスヌーピーを両手の指でつまんでみせた。その瞬間、健佑のＴシャツのスヌーピーがウインクして彩子にピースサインをした。

優秀賞

ハンドメイドカトラリー

相良《さがら》　文雄《ふみお》

春の天気のいい日の昼食は、勤務先近くの公園のテーブルに弁当を広げる。愛用の、と言っても、使い始めて二か月あまり。伊豆の国市で木工房を営む友人から購入した、ハンドメイドという桜材のナイフ、フォーク、そしてスプーンを取り出し一口、というところで、斜め向かいから視線を感じ、ふっと顔を上げた。

二十代半ばくらいか？　恥じらいの表情を浮かべ、女性がこちらを見ている。その視線に固まったのは私の方だった。このような場合、どう反応すべきなのか？　その女性、ダウン症だった。

私は戸惑いながら、軽く頭を下げた。

「………」

女性はこっくりと頷いた後、隣の母親らしい女性に、何か呟いたように見えた。だが、その声は、私には、何かの意思表示には思えなかった。

私は、妻の作った洋風弁当に眼を落とし、ナイフとフォークで食べ始めた。木製のカトラリーは馴染みやすく、柔らかで、口にやさしい。

フォークはウエーブのつけ方が独特で、食べ物を摑みやすいよう削られている。ナイフも金属製の鋭い切れ味には及ばないが、食べ物に優しい切り口になるよう作ってある。特にスプーンがいい。早の部分に、掬ったものが零れ難いよう、（形状に）独特の工夫がなされているからだ。

「あのう……、お食事中、不躾にごめんなさい。あなたのお使いになっているカトラリー、使い心地、いかがでしょうか？」

私は、声をかけてきた、ダウン症の女性の隣に座る母親と思しき女性に目を移し、その唐突な質問に、どう答えるべきか？　一瞬迷った。

「あ、この……、木製の……、ですか？」

「ええ、娘がとても興味を持っておりまして……」

傍らのダウン症の女性を見やると、私に、親しみを込めた視線を向けた。

「大変気に入っています。フォークは食べ物が摑みやすいし、ナイフの切れ味も優しくて……」

「スプーンはいかが？」

「これが特に優れもので、スープとか柔らかいものが零れないよう、早と言うらしいのですが、掬う部分に工夫がされていて、懐が深い……。慌て者で、食べ物を零すことが多い私にとっては、救世主出現、と言ってもいいでしょう……」

私は、率直にそう言った。このカトラリーを使い始めて、シャツなどを洗う時「またここにこんな染みを付けて」という、妻からのクレームが格段に減ったのは事実だから。

「さやちゃん、そうだって。わかった？」

さやと呼ばれたダウン症の女性は深く頷くと、私に向かい、人懐こい笑顔を浮かべた。
そして、二人は（隣の）テーブルを立ち、「お食事中、大変失礼しました」と、丁寧に頭を下げ、その場を去ろうとした。

「あの……。どうしてそんなことを？」と私は慌てて、母親の方に声をかけた。

「ああ、突然で吃驚なさったでしょう。さやは、伊豆の国市にある施設に入っていて、そこの勧めで、近くにある木の工房で、主にスプーンを作っているのです……」

「そうだったんですか……」

「従来のものに飽き足らなくて、自分で使い勝手のいいスプーンを作り始めたらしいのです。けれど、桜材はご存知の通り堅いでしょ。それでなくとも、作業が遅いと、娘の工夫は褒められず、叱られて……。とても落ち込んでいたのです」

「それはそれは……、大変でしたね」

「施設から、一時帰休で私のところに戻ってきて、いじけてたのですが、今日はお天気もよく、気分転換にと思い、公園に参りましたら、偶々あなた様がそのカトラリーを取り出され、お食事を始められた。さやがそれを目敏く見つけて、ぜひ感想を聞いて欲しい、と言ったのです」

「なるほど。私の使っているスプーンが、お嬢さんの作られたものかどうか？　自信はありませんが、このスプーンは、粗忽者の私には大変有難い、優れもの。それだけは断言できます」

「そのお言葉、お聞きすれば充分ですわ。ね、さや、工夫って、こうやって生きるものなのよ」

女性は、若い女性の肩を抱くと、「今日は本当に良い日でした」と言い置いて去って行った。

私は、残りの弁当を食べながら、その出生故、若くして亡くなった従弟の一樹を思った。

一樹も重度のダウン症児だった。叔父の家で遊び相手をしながら、コミュニケーションがとても難しかった。彼がいったい何をしたいのか？　何を言いたいのか？　まるで分からず、その意に添う場面が殆どなかった。それが歯痒かったのだろう、「もう！　このお！」と唯一通じる言葉で、私を乱暴に突き飛ばすのが常だった。

以来、こういう人達との交流が苦手になった。

だから、さやと目を合わせた途端、固まるしかなかったのだ。ところが、彼女が考案したかもしれない、スプーンに馴染んでいる自分がいて、「ああ、繋がっていたのだ」という感覚を得ることが出来、世界が少し広がった気がした。

私には、一樹も自分の意思を表現する場が欲しかっただろうに、最期までその方法を見出してやれなかった、という後悔の念と、今日の話を伊豆の友人にどう伝えるか？　じっくり考えるべきだな、との思いが行き来していた。

優秀賞

火《ひ》の見《み》バス停《てい》と飯田屋《いいだや》酒店《さけてん》

飯田《いいだ》　まゆみ

　磐田駅から天竜二俣駅に向かう路線バスに乗って約二十分、バス停「火の見」で降りると、昔から何でも売っている飯田屋酒店がある。斜め向かいには「太月庵《たいげつあん》」という小さなお寺があり、今も地蔵尊の祭りが丁寧に行われている。

　私が小学生の頃、日曜日になると祖父が、

「まみちゃ、たなに行って煙草買ってきておくれ、いつもの『いこい』だよ」と、五十円玉を手に私を呼ぶ。昭和三十年代のことだ。祖父は静岡にある親戚関係の会社に勤め、朝は早く夜も遅く、めったに顔を合わせない。日曜日のおつかいは私の大切な役割だった。久しぶりに祖父に会える嬉しさはもちろん、笑顔にごくろうさまの気持ちを混ぜ込んで伝えることができたのだから。

　夏休みになると飯田屋さんに向かう回数はぐんと増えた。昼が近づくと祖母が、

「まみちゃ、てえちゃあへ行ってきて」と、二十円といつもの鍋を渡す。

「はあい、とうふ一丁と油揚げ二枚ね、行ってきまあす」と、いつもと同じ返事をして、鍋をふりふり出掛け、飯田屋さんに着いて店の外にいるおじさんに鍋を渡す。するとおじさんもいつものように水を張った大きな桶の中から片手で立方体のかたまりをすくって、するりとマジックショーのように

真っ白な豆腐を鍋にあける。そして中にいるおばさんは、油揚げを薄い竹の皮に挟んでから新聞紙に包んで私に渡し、にこにこしながら二十円を受け取るのだった。

飯田屋さんが「たな」であったり、「てえちゃあ」であることに疑問を持つことはあったが、狭い店の中には店を占領するように、○○さとか○○ちゃと呼ばれる人がどかんと座ってお酒を飲んでいたから、私にも大抵の察しはついていた。

彼らは「ごくろうさま」とか、「毎日えらいね」など、必ず声を掛けてくる。私のおつかいは三時のアイスキャンデー、夕方の醤油や酢など、多い日には三度も四度もあった。その度に顔を合わせる二人は、まるで飯田屋さんの番人のように特等席から動かず、来る人来る人に声をかけ、夕暮れにやっと帰って行くようだった。

夏の日盛りでも、「火の見」に行けば必ず誰かに会えた。溢れんばかりの時間を持て余して集まる子どもたちは、名前ばかりの小さな櫓《やぐら》に登り、口には出さなくても、たまに通るバスの往来を心待ちにし、カーブの先の見えないバス停を発進する低い音に耳をそば立てた。乗るわけでもないのにバスが姿を現すと心臓がどきどきし、手を振って見送った。

秋の終わり頃だったか、私は人助けをした。酔っぱらって自転車ごと田んぼに落ちた○○ちゃを引っ張って助けたのである。哀願するように伸ばした手を、私は一生懸命引っ張った。今でもその光景を夢に見る。そして後に、彼は一升瓶を横に凍え死んだと、人伝ての話を母から聞いた。

飯田屋さんにおつかいに行っていた頃、人は歳を取ったら皆、仙人のように心静かで聖らかになるのだと私は思っていた。いつも飯田屋さんでお酒を飲んでいた二人も、「いこい」を私に頼んだ祖父も、私にとっては品格のある先人として変わりはなかった。

祖父は「娘なのだから当たり前なのです」と、穏やかに言い、母の手厚い介護の下、自宅で九十二歳の生涯を閉じた。母はまだ産休の制度がない頃から教師として活躍した努力の人であったが、祖父に加え父の長年の介護で背骨が曲がり、痛みと戦う晩年を過ごした。残念なことに私は母の手本を見習えず、自宅介護が限界になった折、特養のプロフェッショナルに母の介護を託した。入所してわずか半年足らずで逝ってしまうなんて思いも寄らなかったが、毎日のように会いに行った。

母の個室がある四階のベランダからは、家々の屋根を数百メートル越えて磐田駅舎が見える。そして空が続く遙かその先には遠州灘が広がっている。私は久しぶりに母の車椅子を押してベランダに出た。一瞬、冷たい風が母の頬を撫で、母は目覚めたばかりのように、師走とは思えない暖かな陽射しを浴びた。そして一言、

「私はなんて幸せなのかしら」と、言った。

あの日手を伸ばして助けを求めた○○ちゃの眼差しと共に、母の声が私の心にいつまでも突き刺さる。

五十年が過ぎて櫓は撤去され、火の見は台だけが残ったが、バス停の名前は変わらない。太月庵にある祖父母と両親の墓に行くたび、私も変わらず、必ず飯田屋さんの店の中を覗き込み、バス停に書

かれた「火の見」の三文字を確かめる。きっと、ずっと、これからも。

選評

◇小説・随筆・紀行文部門

小説を書くという意識

三木　卓

いつもより小説を書くという意識が一人一人にあるという印象だった。小説は作文ではなく、あくまでも小説という（宇宙）でなければならないのだから、勝手なことは出来ない。

最優秀賞は須田地央さん「憧憬明夜」にきまった。これは逃げる男のはなしである。かれは繁華街の裏通りにあるスナックの二階に母親と二人で住んでいた少年だった。家出する理由になったのは、母親を守ろうとして父親にぶんなぐられたからで、それ以来、いろいろな女性と生活してもつづかなかった。女に愛人が出来たことがわかると自分の方から別れた。

このはなしは、そういう男のはなしで、少年時代の放浪生活の姿が西伊豆に凝縮する。かれの転々とした職業生活の体験が、売家の吟味にあらわれて来るところが、なかなかおもしろかった。

技術的にしっかりしているところが、この作品の長所である。

優秀賞の髙部務さん「由比浦の夕陽」は、日清戦争時代の由比のものがたりで、若く元気のいい者たちが金に釣られて軍夫で戦場へかりだされていって悲惨な目に遭っているあいだに、のちに名産となる桜エビを大量に捕獲する方法が発見される。時が逆だったら、由比の若者も死ななくてすんだ。着眼点のよさを感じた。

　佳作の花房直正さん「くくり罠の夜」は、猪を罠にかけるはなしである。罠にかかったからといって、それを自由にあつかうのは容易なことではない。足をかみつかれた主人公は、猪とともに谷底へおちかかっているのだ。

　それからの死闘がこの作品の中心だが、あまりに超人的すぎて、ハリウッドの冒険映画のようで、小説としてのリアリティを失っていると、わたしは思った。力のある文章は、ある種の力を感じさせる。

　同じく佳作の西山俊太郎さん「ライトからきてくれて」は、野球小説である。たとえば素人野球や少年野球だったら守りの一番下手な人がライトを守らせられる。中心になって力を発揮するのは投手である。

　しかし、投手は好調ならいいが、ボールを連発するようになったら大変である。投手にはそういうことがときにおこる。そのときは一息いれるためにタイムをとらなければならない。この作品の場合、主人公を助けにくるのはなんとライトから来た少女（！）だった。そしてはるかに時をへて、今度はその息子がライトから投手を助けにいくという奇蹟がおこった（しかも主人公は、その少女と結婚していた）。アイロニーとユーモアの利いた作品だった。

レベルの高い僅差

村松　友視

最優秀賞「憧憬明夜」。同棲する女性の行状にあきれ、ついにアパートを出ることにした主人公は、小学三年の女性の連れ子と奇妙な約束をさせられて、家でも買うか……という気分の旅に出て伊豆へ向かう。そこで不動産会社につとめる美保に物件を案内される。美保の登場で、作品はにわかに小説の香りをおびる。不動産の物件をめぐる会話は絶妙で、美保は見てくれとちがう主人公の美点を発見し、主人公は投げやり風な美保の真の心根と潔さに気づく。会話の中から浮上する老婆の役割も大いなる魅力で小説的展開を盛り上げる。二人の肌合いがしだいに読み手に浸透し、二人のあいだに寸止め的なロマンスのけはいが生じたとき、主人公は不意に女性の連れ子との約束を守る方向へ心のカジをきる……。読み手が腑に落ちる小説的結構もあざやかな手並みだった。

優秀賞「由比浦の夕陽」。日清戦争の勝ちいくさ気分にわく時代と裏腹に、下降をたどる由比浦の漁業。全盛時代の漁業に君臨した祖父金蔵に憧れる孫の藤吉は、一攫千金を得て一気に家を建て直そうと、折からの〝軍夫〟の募集に応募して大陸へ向かう。藤吉が体験する〝軍夫〟の想像を絶する悲惨で過酷なありさまへの記述には胸を打たれる。一家の中で発言力を失いかけた金蔵の婿である竜太郎が偶然、由比浦漁業の再復興の原点たる桜エビ漁を発見する。その発見が、曲折をへて消息不明だった藤吉と家族の再会につながるのだが、駆けつけた藤吉はついに憧れた金蔵の死には間に合わなかった。漁業の変遷と由比浦の桜エビ漁の発見、男三代の確執と和解の顛末が克明にかさねられ、じんわりと胸にしみる地道な力作だ。

　佳作「くくり罠の夜」。メルヴィル『白鯨』のくじらとの格闘の〝山篇〟という印象が残った。くくり罠にかかった巨大な猪と主人公の長時間にわたる激闘の刻々の具体性の説得力は凄い。闘う相手たる敵が、罠から外れるため共闘する同士となり、猪の子〝瓜坊〟の登場でまた色が変わる。〝瓜坊〟の役目は大きいが、そのためやや感傷的なきらいが生じているのもたしかだ。ただ、お互いの棲む領域へそれぞれ別れ去るラストシーンで、読み手は救いを与えられる。

　佳作「ライトからきてくれて」。少年野球の試合でフォアボールを連発して茫然自失するエースに向かって、ライトからタイムもかけずに疾風のように駆け寄る影……その影がわが息子と気づいた主人公の胸に、かつて同じ少年野球のピッチャーだった自分のもとへ、ライトから駆け寄ってくれた現在の妻ケイトとからむシーンが痛烈によみがえる。少年野球を支える父兄の役目、少年野球の変遷も興味深く書かれ、ストーリーの裏打ちとなって生きていた。

男もなりゆき、女もなりゆき、だよ

嵐山光三郎

「憧憬明夜」はせつない小説である。水商売の女と同棲して、三ヶ月で別れてしまう男は昔からいて、一九六〇年代後半あたりから、私の周囲にもいた。同棲関係にある男女は一度こじれるとやりなおしがきかない。けれど同棲した女に連れ子がいて、その子（理央）との心理的協調が生まれると、そう簡単にはすまない。この小説では、子は「いつ帰ってくるの」と男に訊く。「――そうだな。」「（ミニ四駆の）大会一緒に出ようね」と言われ、「おう」と返事をすると「約束だよ」と笑顔を見せられた。無理と知りつつ生返事をして、西伊豆に新しい住まいを探す。不動産屋の女美保の案内で二軒の物件を見る。美保はキャディーとして十年近く勤めたあとこの職についたが、この一件がうまくいかなかったら退職しようとしている。

男（塩田正一、三十六歳）はいがぐり頭で無地の白シャツよれよれの作業ズボン。男もなりゆき、女もなりゆき。男は物件をシビアに点検し、築五十年、木造平屋三十坪、敷地面積二百坪で売値百五十万円の空き家が気にいった。美保のキャラクターがいい。美保もまたやるせない日々を過ごしている。男の少年時代の記憶が語られる。小説の語り口がいい。その日暮らしの男女の出会いが巻頭からぐいぐいと引っ張っていく。西伊豆の海面に深い青みがかかり、波間だけが白く光る。なにごともそのときになってみなければ分からない。最後に男の携帯が鳴るが、男はとらない。再び携帯が鳴る。電話に出たのは連れ子の理央。……うん、どうした。うん、約束を覚えているよ。扱いにくい身勝手な男は、少年に会いに行くことを予感させて泣かせます。

優秀賞「由比浦の夕陽」は桜エビ漁に従事する家族を書いた労作。宿場として栄えた由比・蒲原で収穫された桜エビの歴史と日清戦争の「軍夫」となった藤吉の悲劇がそこに重なる。

佳作「くくり罠の夜」は、圧倒的筆力で、「この作品が最優秀賞」と確信しつつ読んだ。ディテイルが部厚く、時刻に沿って進行する猪との格闘が壮絶でリアルだ。文章から獣の臭いがたちあがり、くくり罠のワイヤーがピンと張ってハードボイルド調。文体に牙があり、その場に居合わせたかのようだ。しかし後半に千松信也著『ぼくは猟師になった』の評が出てからいささか崩れた。練達のプロである。小説の参考文献を記すのはフェアであるが、自ら「種あかし」をしてみせるところが気になった。惜しい！

佳作「ライトからきてくれて」は愉快な野球少年小説。小学六年生の息子兎太郎の出場にやきもきする父親の姿が目に浮かびます。天竜浜名湖鉄道こと天浜線、なつかしいなぁ。兎太郎君「みをつくし野球少年団」で三本もヒット打っただからね。

すがすがしさを求めて

太田　治子

第24回伊豆文学賞最終審査は、コロナの影響を受けていつもの熱海ではなく、東京の都道府県会館にある静岡県東京事務所で開かれることになりました。国会議事堂もさ程遠くない、まさしく東京の中心にある東京事務所の13階の会議室で、最終審査は始まったのです。ビルの谷間から、ほんの少しだけ青空が見えていました。熱海の青い海ではないことが、とても残念に思われました。

最優秀賞に決定した須田地央さんの「憧憬明夜」には、伊豆の美しい海が主人公の正一の心に寄り添うように次々と登場します。東京事務所の会議室で、改めてその作品を拝読しながら、私は作品の登場人物と同じ海をみているような嬉しさを覚えました。沼津土肥線の土肥を目指して走るドライブです。「出逢い岬」「旅人岬」その名前だけでも、まだいったことのない私にはとても魅力的に思われます。しかし主人公の正一は、同棲相手と別れたばかりでした。不動産会社に勤める美保の車で、物件を回るドライブだったのです。この二人の車中での会話が、いささか滑り過ぎるような気がします。中学生の時に家出をした悲しい思い出が、それは胸に痛く迫ってくるだけに、正一はもう少し口数が少なくてもいいのではと思いました。同棲相手の子供の理央を、愛情深く見守っていく決意を固めたことは、とてもすばらしい結末だと思いました。夕日で真っ赤に染まる駿河湾が、正一のこれからを祝福していることは間違いありません。

優秀作、髙部務さんの「由比浦の夕陽」は、私の好きな作品でした。タイトルにもなっている由比浦の夕陽を、私はまだみたことがありません。しかしこの作品で何よりも輝いているのは、漁火に照らされて赤く光る桜エビです。明治27年、日清戦争が始まってまもない年の暮れ、漁火の網に大量の小エビが掛かっていたといいます。この桜エビが、漁師たちを救うことになるのでした。息子は、日清戦争の軍夫として狩り出され、その仲間の多くは戦死しました。そのような背景がきちんと描かれているからこそ、満開の芝桜の花畑のようだという桜エビの干し場は一層色鮮やかに輝いて感じられてきます。私は桜エビが大好きです。

花房直正さんの「くくり罠の夜」、この小説から伝わってくる緊迫感には、ただならぬものがあります。くくり罠にかかったイノシシの巨大な後ろ姿、そこから主人公は圧倒的な獣の臭いに、何故か懐かしさすら感じるのです。ここが、凄いと思います。獣からも感じる懐かしさ。人も獣も、共に愛おしい。同じ命の大切さを、迫力満点で教えていただくことができました。妻への感謝にめざめるところも、とてもよかったと思いました。

西山俊太郎さんの「ライトからきてくれて」は、主人公の息子が「兎太郎」という名前であるところが、メルヘンのようで素敵だと思いました。正直にいって、少年野球の知識のない私には少し入りづらい内容ではありましたが、主人公がかつて野球の練習中に事故でなくなった時の友人のことを、『星の王子さま』のイラストのようだったと思われたとあるところには、思わずうなずいてしまっていました。

◇掌篇部門

掌篇としての効果あり

村松　友視

最優秀賞「おばあちゃんのおでん」。やさしさが欲しい……と、ヒッチハイクに出た施設育ちの主人公。その中で出会った〝おばあちゃん〟に孫と住む家へ案内され、そこで味わった方言を駆使するおばあちゃんと孫のあたたかいもてなし。とくに孫が魅力的に描かれている。そのあたたかさの有難味を象徴する、ふるまってもらったおでん……。いつまでも残るあたたかい記憶とともに生きる主人公の素直な心根がよく書き込まれている。

優秀賞「初めての寺で」。母の介護に疲れを感じた作者が、気分を変えようと隣接市にやって来て、たまたま人から教えられた實相寺へ足を向ける。山門や仁王門の力感、鐘楼や庭の佇まい、そして日蓮像との対面でのさまざまな体感が、手際よく書かれてゆく。そして、参道脇の斜面のドクダミの〝妖艶な色合い〟〝小さな命の艶めきと儚さと意外なしたたかさ〟に、〝聖と俗〟という言葉をかさねるうち、かつて美しかった母が〝すっと走る〟……。

凛々とした読経で終わる掌篇としての切れ味もよかった。

優秀賞「青い夢が叶うころ」。母が手がける藍染めから、静岡という土地と藍、紺、青の馴染み合いに思いを馳せ、母の手で染められた直後の絹布の緑色が〝玄奥な光沢を放つ藍〟に変化する神秘が見事に書かれている。「母は強し」に収斂させたのは力みによる勇み足だった。

優秀賞「五の三の君」。五年三組の頃の〝心の恋人〟健佑との、二十七歳同士となってのデートで、彩子は「田なか」という土地に縁のある海の幸山の幸を扱う魅力的な店へ行く。彩子は、十五年前と変わらず飾り気のない健佑にあらためて心が近づく。彩子がそのセンスにいきなり眉をよせた健佑の胸にあるスヌーピーの値打ちが、最後に逆転し、掌篇の結構として大きい役を果たす……小気味よいオチである。

優秀賞「ハンドメイドカトラリー」。木製の食事用具カトラリーをめぐる、自分が用いているものの作り手かもしれぬダウン症の女性への、主人公の純で淡くほのかな気の弾みがよく伝わってくる作品だった。

優秀賞「火の見バス停と飯田屋酒店」。日曜ごとに訪ねた祖父母の家から、つかいを頼まれてタバコや豆腐や油揚げを買いに行った雑貨屋的な「飯田屋酒店」。その店に屯し、あるいは周辺にあらわれる人々のあたたかさ。それから五十年が経ち、祖父母と両親の墓参りに行くたび、櫓が撤去され台だけとなっても、あいかわらずバス停に残る「火の見」の三文字が、思い出のバネとなっている。

高レベルの佳作ぞろい

諸田　玲子

今回から「メッセージ部門」が「掌篇部門」に変更されました。短い作品であれば自在にどうぞという呼びかけがより多くの方々の創作意欲をかきたてたのでしょうか、応募数の増加だけでなく内容も多彩で、読み応えのある佳作に出会うことができました。

最優秀賞の「おばあちゃんのおでん」は、ほのぼのとした心温まる掌篇でした。ご自身の体験をもとに、作為なく素直につづっているところに好感がもてました。静岡ならではの煮しめたおでんと人生の山谷を越えてきたおばあちゃんの佇まいがぴたりと重なって、ほどよい滋味をかもしだしています。方言も効果的でした。

優秀賞の「初めての寺で」は、瑕瑾のない優れた掌篇として高い評価を集めました。文章が上手い。むしろ整いすぎていて、さらりと読まれてしまったようです。力のある方なので、どこかに大胆な、あるいは独創的な表現があっても良かったかもしれません。

「ハンドメイドカトラリー」はテーマも文章もわかりやすく、まっすぐに伝わってくる掌篇でした。カトラリーからダウン症の女性、そこからさらに従弟の思い出へとつながる回想が素晴らしい。最優秀賞に2作選べるなら、迷わず選んでいたでしょう。

「五の三の君」は独特の面白さのある掌篇です。主人公の彩子がかつての同級生と再会する――その一夜がまるで舞台の一場のように描かれ、彩子の心模様がていねいにつづられています。どう着地するかと読者に気をもませて最後に小さなどんでん返しを用意したところもなかなかの手練れです。この方にはぜひ小説を書いていただきたいと思います。

「青い夢が叶うころ」は、藍の豊富な知識から母親の凛とした生き方が浮き彫りにされてゆく、よく練り上げられた掌篇でした。文章も優れています。ただ掌篇はいかに読者の心をつかむかです。冒頭の母の長台詞がとっつきにくいこと、最後の部分のトーンの変化に少々違和感があること、この2点を工夫すればより完璧な作品になると思いました。

「火の見バス停と飯田屋酒店」は故郷の酒店やバス停と、その場所にまつわる思い出が哀愁を帯びて胸に迫る掌篇です。ただし全体としてのまとまりに少々難があります。最後の短い段落で無理やりつなげた印象があり、終わりの一文にもう一考欲しいところです。豊かな感性を生かして推敲を重ね、ぜひまた挑戦して下さい。

閉塞感ただよう年に、心躍る

中村　直美

「メッセージ部門」は10年の蓄積を経て、今回から、静岡県内を素材に取り入れた短編作品――「掌篇部門」となりました。より多くの方に筆を執っていただきたいとの思いをこめてのリニューアルは、予想を遙かに超える広がりを得て、その分、心躍る作品の趣もそれぞれで、審査は難しくも楽しくもありました。

最優秀賞「おばあちゃんのおでん」は、人と人とのふれあいが大きく制限された２０２０年、ロウソクの明かりのような優しさがポッと灯る作品でした。おばあちゃんのやんちゃな孫に牛すじとゴボウの交換をせがまれ、それでも帰り際にプレゼントしてくれたポケモンカードは最強のキャラクターで……。何気ないやりとりが重なって、スカスカのリュックが〝感謝で膨らんで〟いった様子に、読み手の気持ちが素直に寄り添えました。

優秀賞「初めての寺で」は、富士市にある岩本山實相寺のなんとも緻密な描写が印象的な作品でした。気分転換だったはずの散策が、寺域という特別な空間のなかで、聖と俗、生と死、自身の現実とが交錯する絶妙な展開に作者の筆力を感じました。

優秀賞「ハンドメイドカトラリー」は、誰もが優しくありたいと思いながら、いつもそうあることは容易ではないもどかしさが胸に迫る作品でした。登場する人もモノも少ないですが、ハンドメイドと木のぬくもりが余りある存在感を放っていました。

優秀賞「五の三の君」は、メッセージから掌篇となったことがとくに実感される作品の一つでした。初恋の人とのほのぼのとした再会ストーリーが、場違いなスヌーピーのキャラクターを中心に、軽やかに描かれていました。再会の舞台となったお店や、二人が並んで歩いた三島駅までの描写に、もう少し作者らしさが加わるとよかったと思います。

優秀賞「青い夢が叶うころ」は、焼津の町で藍染めに向き合う母の逞しさと愛情が、全篇に漂うジャパンブルーを通して巧みに描かれた作品です。ふるさとや夏の季節へとつながる小泉八雲のエピソードが、後半にも少し顔を出すとさらに落ち着いたかもしれません。

優秀賞「火の見バス停と飯田屋酒店」に描かれた昭和30年代の日常は、コロナ禍の今、いっそう懐かしさが沁みるものでした。歳を重ねた主人公の〝今〟へのつながり方が自然で、最後まで安定感のある作品でした。

掌篇部門はスタートしたばかりです。若い世代の、荒削りでも勢いのある作品が、またどんな形で登場してくるのかも楽しみにしたいと思います。

「伊豆文学フェスティバル」について

文学の地として名高い伊豆・東部地域をはじめとして、多彩な地域文化を有する静岡県の特性を生かして、心豊かで文化の香り高いふじのくにづくりを推進するため、「伊豆文学賞」（平成９年度創設）や「伊豆文学塾」を開催し、「伊豆の踊子」や「しろばんば」に続く新しい文学作品や人材の発掘を目指すとともに、県民が文学に親しむ機会を提供しています。

第24回伊豆文学賞

■応募規定

応募作品　伊豆をはじめとする静岡県内各地の自然、地名、行事、人物、歴史などを題材（テーマ）にした小説、随筆、紀行文と、伊豆をはじめとする静岡県内各地の自然、地名、行事、人物、歴史などを素材（パーツ）に取り入れた短編作品。ただし日本語で書いた自作未発表のものに限ります。

応募資格　不　問

応募枚数　小　説　400字詰原稿用紙30〜80枚程度

随筆・紀行文　400字詰原稿用紙20〜40枚程度

掌　篇　400字詰原稿用紙３〜５枚以内

■賞

〈小説・随筆・紀行文部門〉

最優秀賞　１編　表彰状、賞金100万円

優 秀 賞　１編　表彰状、賞金20万円

佳　　作　２編　表彰状、賞金５万円

〈掌篇部門〉

最優秀賞　１編　表彰状、賞金５万円

優 秀 賞　５編　表彰状、賞金１万円

■審査員

〈小説・随筆・紀行文部門〉

三木 卓　村松友視　嵐山光三郎　太田治子

〈掌篇部門〉

村松友視　諸田玲子　中村直美

■主　催

静岡県、静岡県教育委員会、伊豆文学フェスティバル実行委員会

第24回伊豆文学賞の実施状況

■募集期間　令和2年5月1日から10月1日まで
　　　　　（掌篇部門は9月17日まで）

■応募総数　489編

■部門別数　小説　215編
　　　　　　随筆　34編
　　　　　　紀行文　15編
　　　　　　掌篇　225編

■審査結果

〈小説・随筆・紀行文部門〉

賞	（種別）作品名	氏名	居住地
最優秀賞	（小説）憧憬明夜	須田　地央	山梨県
優秀賞	（小説）由比浦の夕陽	髙部　務	千葉県
佳作	（小説）くくり罠の夜	花房　直正	静岡県
佳作	（小説）ライトからきてくれて	西山俊太郎	静岡県

〈掌篇部門〉

賞	作品名	氏名	居住地
最優秀賞	おばあちゃんのおでん	見沢　富子	埼玉県
優秀賞	初めての寺で	小林　篤	静岡県
優秀賞	青い夢が叶うころ	星野有加里	静岡県
優秀賞	五の三の君	太田　美紀	静岡県
優秀賞	ハンドメイドカトラリー	相良　文雄	神奈川県
優秀賞	火の見バス停と飯田屋酒店	飯田まゆみ	静岡県

第二十四回「伊豆文学賞」優秀作品集

令和三年三月三十一日初版発行
定価　本体一二七三円＋税

編　集　伊豆文学フェスティバル実行委員会
〒４２０-８６０１
静岡市葵区追手町９-６
静岡県スポーツ・文化観光部
文化局文化政策課内
ＴＥＬ　０５４-２２１-３１０９

発行人　松原正明

発　行　羽衣出版
〒４２２-８０３４
静岡市駿河区高松３２３３
ＴＥＬ　０５４-２３８-２０６１
ＦＡＸ　０５４-２３７-９３８０

ISBN978-4-907118-64-8 C0093 ¥1273E